置き去りにされた花嫁

サラ・モーガン 作

朝戸まり 訳

ハーレクイン・ロマンス

東京・ロンドン・トロント・パリ・ニューヨーク・アムステルダム
ハンブルク・ストックホルム・ミラノ・シドニー・マドリッド・ワルシャワ
ブダペスト・リオデジャネイロ・ルクセンブルク・フリブール・ムンバイ

ONE NIGHT...NINE-MONTH SCANDAL

by Sarah Morgan

Published by Harlequin Japan, a Division of K.K. HarperCollins Japan, 2024

サラ・モーガン
イギリスのウィルトシャー生まれ。看護師としての訓練を受けたのち、医療関連のさまざまな仕事に携わり、その経験をもとにしてロマンス小説を書き始めた。すてきなビジネスマンと結婚して、2人の息子の母となった。アウトドアライフを愛し、とりわけスキーと散歩が大のお気に入りだという。

主要登場人物

ケリー・ジェンキンズ……………小学校教師。愛称ケル。
ヴィヴィアン・メイソン…………ケリーの同僚で親友。愛称ヴィヴィ。
アレコス・ザゴラキス……………海運会社の経営者。
ドミトリ…………………………アレコスの顧問弁護士。
マリアンナ………………………ファッションデザイナー。

1

「急げ」ふだんは冷静沈着なドミトリが広いオフィスへ駆けこんできたかと思うと、デスクにぶつかって書類を床にまき散らした。「コンピューターの電源を入れるんだ」

「もう立ちあげてある」アレコスは画面へ視線を移した。「それで、なにを見ろって？」

「イーベイだ。早く。あと三分で入札が締め切られる」

通常なら仕事中にネットオークションに参加するなどありえないが、アレコスは黙って従った。

「ダイヤモンドだ」ドミトリが声をしぼり出すように言った。「入力しろ。〝大粒〟〝ホワイトダイヤモンド〟」

アレコスは胸騒ぎを覚えつつ、キーをたたいた。まさか、彼女がそんなことをするはずはない。

画面に映し出されるなり、ギリシア語ののしり言葉が口からもれた。ドミトリがそばにあった椅子

「電話会議中でもかまわない。事は急を要するんだ！」

オフィスの外で顧問弁護士の声が響き、ドアが勢いよく開いた。アレコスは会話の途中で言葉を切った。

弁護士のドミトリが異様なまでに顔を赤くし、書類を握り締めてドア口に立っている。

「かけ直す」アレコスはゆっくりと告げ、ニューヨークとロンドンにいる部下たちとの回線を切った。「僕のもとへ来て十年、君が走る姿は一度も見たことがない。少々のことでは動じない男と思っていたが、タンカーでも沈んだか？」

を引き寄せて座った。「やっぱりそうか。これがザゴラキス家伝来のダイヤモンドなんだな。それがイーベイに？」

アレコスはダイヤモンドを見つめた。はらわたをえぐられるようだ。指輪を見るだけで、彼女のことを思い出す。そして、彼女のことを思い出すだけで、体が激しく反応する。たちまち理性を失いかけ、あわてて邪念を振り払った。四年の歳月を経てなお、彼女はこうも僕を苦しめる。「これだ、間違いない。本当に彼女が出品したのか？」

「おそらく。我々が把握している限り、市場に出まわるのはこれが初めてだ。詳細は調査中だが、入札価格はすでに百万ドルに達している。だが、どうしてイーベイなんだ？」ドミトリは床に落とした書類を拾い集めた。「クリスティーズなり、サザビーズなり、どうして由緒あるオークションハウスを使わない？　納得のいかない選択だ」

「いや」画面を見つめたまま、アレコスは笑った。「納得だよ。彼女なら決してクリスティーズやサザビーズは選ばない」そんな堅実なところもたまらなく新鮮だった。彼女は見栄《みえ》を張るということをまるで知らない。アレコスの暮らす偽りだらけのきらびやかな世界では、めったに出会うことのない人間だ。

「とにかく」ドミトリは息苦しそうにネクタイをゆるめた。「入札価格が百万ドルを超えたということは、おそらく我々のほかにもこれがザゴラキス家伝来のダイヤモンドだと気づいた者がいるんだ。なんとかして阻止しないと！　だいたい、どうして今なんだ？　どうして四年前じゃない？　君を恨む理由ならいくらでもあったはずだ」

アレコスは背もたれに身を預け、それからゆっくりと口を開いた。「あの写真を見たんだろう」

「マリアンナと君のチャリティ舞踏会でのあの写真か？　真剣な交際だという噂《うわさ》を彼女も耳にしたと

いうのか?」

「ああ」アレコスは画面の指輪をじっと見た。画面の向こうから指輪が彼を嘲笑《あざわら》っているかのようだ。

そう、彼女は指輪を捨てたのだ。川へ投げこむよりもずっとあからさまな方法で赤の他人の手に渡すことを選んだ。そして、そのメッセージは明らかだ。

〝こんな指輪なんて、私はなんとも思っていない〟

〝あなたと過ごした時間なんて、なんとも思っていない〟

激しい怒りがひしひしと伝わってきた。

アレコスもまた、強い怒りに駆られて立ちあがった。やはり、マリアンナを選んで正解だった。マリアンナ・コンスタンティンは恋人からもらった指輪をネットオークションにかけるような無礼なまねは決してしない。良家育ちで分別があり、そのふるまいは常に完璧《かんぺき》だ。もの静かでどんなときも節度を失わず、むやみに感情を表に出さない。そしてなによりも、彼女は結婚を望んでいない。

アレコスは指輪を見つめ、そこにこめられた激しい感情を思った。節度などなにもない。僕の指輪を売ったこの女は思いのままに感情をさらけ出す。

彼女の奔放な姿が脳裏によみがえり、顎に力がこもった。いい機会だ。今こそ残された最後の接点を断つべきなのだ。

刻一刻と迫るタイムリミットを前に、アレコスは心を決めた。「ドミトリ、落札してくれ」

「どうやって? オークションに参加するには会員登録が必要だ。今からでは間に合わない」

「大学を出たての者に頼もう」アレコスはすぐさま内線ボタンを押した。「エレニをここへ。今すぐだ」

数秒後、社内で最も若い秘書が緊張の面持ちでドア口に現れた。「お呼びでしょうか、ミスター・ザゴラキス」

「イーベイのアカウントは持っているか?」

意外な質問にエレニは喉をつまらせた。「は、はい、社長」

「落札してほしいものがある。それから、僕を社長と呼ぶのはやめてくれ」アレコスは画面を見つめたまま言った。あと二分しかない。「ログインだ。入札の準備を」

「かしこまりました、社長」

エレニが緊張に手を震わせ、パスワードを誤っても、アレコスは口をつぐんでいた。いらだちをあらわにすれば、ますます彼女を追いつめるのはわかっている。

「ゆっくりでかまわない」やさしく告げ、今にも卒倒しそうなドミトリをじろりとにらんだ。

エレニがようやくログインを終え、引きつった笑みを見せた。「入札価格はいかがいたしましょう？」

「二百万ドルだ」

エレニが息をのんだ。「え？」

「二百万ドルだ」アレコスが残り時間に目をやった。あと六十秒――手放すべきでなかった指輪、つき合うべきでなかった女、そのどちらにもこの六十秒で決着をつける。「急いでくれ」

「で、ですが、私のクレジットカードの限度額は五百ポンドです。そんな大金、とても払えません」

「金を出すのはこの僕だ」血の気を失っている秘書をちらりと見て、アレコスは顔をしかめた。「しっかりしてくれ。今、君に気絶されたら、落札できなくなる。ここにいるドミトリは我が社の法務部門のトップだ。彼が証人になる。もう三十秒しかない。これはきわめて重要なことなんだ」

「は、はい。すみません」エレニが震えながら金額を入力し、一瞬のためらいのあとにエンターキーを押した。「私、いえ、社長が現在の最高額の入札者です」

エレニがかすれ声で言うと、アレコスは片方の眉を上げた。

「落札できたのか？」

「最後の最後にこれをうわまわる入札者が現れなければ」

アレコスはいちかばちかに賭《か》ける男ではなかった。即座にエレニの手に自分の手を重ね、四百万ドルと打ちこんだ。

五秒後、指輪はアレコスの手に落ちた。

アレコスは震える秘書のために水をついだ。「よくやってくれた。緊迫した状況下で君はなすべきことをなした。覚えておこう。ところで……」なにげない口調で続ける。「送金先を知らないといけないが、出品者の名前と住所はわかるかい？」

ドミトリが目をまるくするのもかまわず、アレコスはペンと紙を手にした。

やめろ、弁護士に一任するんだ！　頭の中で理性が叫んだ。なんのためにこの四年間、彼女の行方を追わずにいたんだ？

「必要があれば、メールで質問できます」エレニがうっとりとダイヤモンドを見つめた。「本当に美しい指輪。お相手の女性は幸せですね。なんてロマンチックなのかしら」

この僕がロマンチック？　いっときの情に流され、激情の渦に身を投じるのがロマンチックだというなら、確かにそんな時代もあったかもしれない。いや、それとも、欲望におぼれたと言ったほうが正確だろうか。幸い、手遅れになる前に自分を取り戻したが……。思わず自嘲《じちょう》の笑みがもれた。マリアンナとの割り切ったつき合いのほうがよほどいい。とくに彼女を理解したいとも思わず、彼女も僕を理解したいとは言わない。

そうさ、そのほうがずっといい。思考回路の中まで踏みこみ、コントロール不能の激しいセックスで男を狂わす相手よりは。

いつのまにか肩に力が入っているのに気づき、アレコスは窓の外へ視線を移した。

ドミトリがエレニを部屋から追いたて、ドアが閉まったのを確認してアレコスのほうを振り返った。

「送金手続きと指輪の回収はこちらで引き受けよう」

「いや」アレコスは上着に手を伸ばした。なにが自分にそう言わせるのか、考えるのはやめたほうがよさそうだ。「指輪を第三者の手にゆだねるわけにはいかない。僕が直接、取り戻しに行く」

「直接？　アレコス、もう四年も会っていないんだぞ。連絡は取らないほうがいいと決めたはずだ。本当にそれでいいのか？」

「僕の決めたことに間違いはない」アレコスは大股にドアへ向かった。自分の手で終止符を打つんだ。金を渡し、指輪を取り戻して、今度こそ前へ進む。

「吸って、吐いて、吸って、吐いて。両脚の間に頭を入れて。そう、気絶しちゃだめよ。さあ、もう一度、初めから話してちょうだい。ゆっくりね」

ケリーは頭を上げ、もごもごと口を動かした。声が出ない。体じゅうの機能がシャットダウンしたようだ。

友人のヴィヴィアンがしびれを切らしてケリーをにらんだ。「ケル、あと三十秒待っても声が出ないなら、バケツの水を浴びせるわよ」

ケリーは必死に声をしぼり出した。「売ったの……」

ヴィヴィアンがうなずいた。「売った、ええ、なにを？」

「売った……」ケリーはごくりと唾《つば》をのみこんだ。

「指輪……」

「やれやれ、ようやく一歩前進ね。あなたは指輪を売った。どの指輪？」ヴィヴィアンは目を見開いた。

「嘘《うそ》、まさか、例のやつ？」

　ケリーはうなずいた。まるで部屋じゅうの空気を吸い出されたように息ができない。「売ったの……イーベイで」頭が朦朧《もうろう》としている。ソファに座っていなければ、間違いなく床に伸びるところだ。

「なるほど。それは、そうね、とてもいいことよ」ヴィヴィアンが慎重に続けた。「もちろん、あなたが大騒ぎする気持ちもわからなくはないわ。なにしろこの四年間、ずっと後生大事に首からぶらさげていたんだから。でも、あなたにその指輪を贈ったろくでなしは結婚式をすっぽかしたわけでしょう？　遅すぎたといえば遅すぎたかもね。まあ、とにかくこれであなたもようやく目が覚めた。おめでたいことじゃないの。なにも心配することはないし、過呼吸になる必要もないわ。なんなら紙袋の中で呼吸してみる？」不安そうなまなざしでケリーを見つめる。「いやだ、ホワイトボードみたいに顔が真っ白。言っておくけど、私、応急処置とかはわからないわよ。気持ちの悪い写真ばっかり見せられるから、授業中ずっと目をつぶっていたもの。こういうときはほっぺたをたたくんだった？　それとも、脚を上に上げるんだった？　ねえ、ほら、なんとか言ってよ。いくらトラウマになっているからって、あれからもう四年もたったのよ！」

　ケリーはむせ返り、友人の手をつかんだ。「私、売ったの――」

「はいはい、わかったってば！　あの指輪を売ったんでしょ！　いいかげん吹っ切って、新しい人生を始めなさい！　外へ出て、だれかつかまえて、楽しくやるの。なにも男はミスター・ギリシア神だけじゃないんだから」

「四百万ドルで」

「なんなら、景気づけに二人でボトルを……え？　今、いくらって言った？」ヴィヴィアンがあんぐりと口を開け、床にしゃがみこんだ。「一瞬、四百万ドルって聞こえちゃった」

「そう言ったのよ。四百万ドルって」口にしたとたん、震えが二倍になった。「ヴィヴィアン、私、なんだかめまいがする」

「私もよ」ヴィヴィアンがつぶやき、顔の前で手を振った。「だめだめ、二人して気絶してどうするの？　頭でもぶつけたら、それこそ何週間後かに腐乱死体で発見されるはめになるのよ。散らかり放題のあなたのこの部屋じゃ、いつだれに見つけてもらえるかわかったものじゃないんだから。だいいち、遺書だって書いてないでしょう。ええ、私が死んだところで残るのは山のような洗濯物と請求書くらいだけど、あなたには四百万ドルって大金がある。四百万ドルよ……嘘みたい。こんなリッチな友達、初めて。私のほうが過呼吸になるわ」紙袋をつかみ、中の林檎《りんご》を取り出して口に当てた。

ケリーはぼんやりと自分の手を見つめていた。落札価格を目にした瞬間から震えがとまらない。「しっかりしなくちゃ。まだ仕事が残っていたんだわ。明日までに英語の練習帳を三十人分チェックしないといけないの」

ヴィヴィアンが袋から顔を上げた。「なにばかなことを言ってるの。あなたはもう、おちびさんたちを教える必要なんかないわ。明日の朝、学校へ行ったらすぐに辞表を提出して、一日、のんびりスパにでも行ってくればいいのよ。いっそ十年だってのんびりできちゃうわ！」

「いやよ、そんなの。私は教師の仕事を愛しているんだもの。夏休みだってちっとも楽しみじゃない。大好きな子供たちに会えないなんて、考えただけで寂しくて。あの子たちは、私が唯一手に入れることのできる、家族に最も近い存在なの」

「あきれた。ケル、あなたはまだ二十三でしょう。九十歳のおばあちゃんならまだしも、いいえ、それだって、大金さえあれば、よりどりみどり、精子提供希望者が列をなすってものだわ」

ケリーは顔をしかめた。「もう、ロマンチックのかけらもないんだから」

「私は現実主義者なの。それに、あなたの子供好きを知っているから言うんじゃないの。まったく不思議よね。私なんて、年じゅうあの子たちの頭をごつんってしてやりたくなるけど。いっそ私がお金をもらって仕事を辞めようかしら。だって、四百万ドルよ！　そんな高価なものだって、どうして今まで知らなかったの？」

「とくにきいたことはなかったから」ケリーはぼそりと言った。「値段がどうこうより、彼が贈ってくれたってことがうれしかったの。まさかそんな値打ちがあるものだなんて思ってもみなかったし、興味もなかったのよ」

「ロマンチックもいいけど、たまには現実も学びなさい。あなたのその男はろくでなしでも、けちではなかったみたいね」ヴィヴィアンは林檎をかじった。「ギリシア人って聞いたときには、てっきりウェイターかなにかかと思ったけど」

ケリーの顔が赤く染まった。私はどれだけで愚かで、どれだけ世間知らずだったのだろう。「彼はウェイターじゃなかったわ」熱い頬を両手でおおう。「思い出すだけで自分がいやになる。どうしてうまくいくなんて思ったのかしら？　彼は超ハンサムで、超インテリで、超リッチ。私にはなに一つ〝超〟がつくものなんてないのに」

「あら、そんなことないわよ。あなたは……あなたは……ええと、超散らかし屋で、超おっちょこちょいで、それから……」

「もういい！　うまくいかなかった理由なら、今さら聞かされなくてもわかっているわ」あれから四年もたつというのに、どうしてこんなにも胸が痛むのだろう？「せめて一つくらい、うまくいってもよかった理由を挙げてくれればいいのに」

ヴィヴィアンは林檎をもぐもぐ食べながら考えた。「そうね、超豊胸っていうのはどう？」

ケリーは思わず胸を隠した。「ありがとう」

「どういたしまして。それで、そのミスター・超リッチはなにをしている人だったの？」

「海運業よ。船会社を経営していたの。ものすごく大きな会社。たくさんの――」

「ああ、言わないで、超ビッグな船、でしょう？どうして今まで内緒にしていたの？」ヴィヴィアンがかぶりを振った。「じゃあ、相手は百万長者だったってわけ？」

ケリーはすり切れた絨毯《じゅうたん》にもじもじと足をこすりつけた。「どこかに億万長者って書いてあったわ」

「この際、どっちだって変わりはしないわよ。だいたい、億なんて単位、私たちの間で使ったことがある？　だけど……悪く思わないでよ、いったいどうやってそんな男をつかまえたの？　私なんて、あなたと同じだけ生きているのに、億万長者はおろか百万長者にだって一度も会ったことないわ。ヒントくらいもらっておかなくちゃ」

「大学に入る前の休暇中に彼のプライベートビーチにうっかり入りこんでしまったの。景色に見とれるうちに標示を見過ごしちゃったみたいで」自分ががまらなくみじめに思える。「ねえ、なにか別の話をしない？　この話題は好きじゃないの」

「いいわよ。じゃあ、四百万ドルの使い道は？」

「さあ、このショックを癒《いや》しに精神科医のところにでも通おうかしら」

「落札者はどこのだれ？」

「ええと、どこかのお金持ちかしら？」

ヴィヴィアンがいらだった顔を向けた。「それで、いつ指輪を渡すの？」

「相手の女性からメールがあって、明日、取りに来るそうよ。物騒な人だと困るから学校の住所を渡したわ」

ケリーがブラウスごしに首から下げた指輪に触れると、ヴィヴィアンはため息をついた。

「そうやっていつも肌身離さず、寝るときもはずさない」

「それは私がだらしないからよ」ケリーは蚊の鳴くような声で言った。「なくしたら大変だもの」

「そんな言いわけが通じると思っているの？　あなたがだらしないのはよく知っているけど、その指輪を手放さない理由はただ一つ——彼を忘れていないからよ。この四年間、ずっと引きずってきた。それが、どうして急に指輪を売る気になったの？　なにかあったんでしょう？　この一週間、ようすが変だったわ」

ケリーはごくりと唾をのみ、もじもじと指輪をいじった。「彼がほかの女性と写っている写真を見たの。きれいで棒みたいに細くて……わかるでしょう。見たら、私も断食しなくちゃって思うけど、いくら断食しても足元にも及ばない。それで気づいたの。この指輪を持っている限りは前に進めない。こんなのどうかしている。私はどうかしているって」

「もう大丈夫。今日からあなたも正気よ」ヴィヴィアンは立ちあがり、颯爽《さっそう》と髪をうしろに払った。「これがなにを意味するか、わかる？」

「うじうじするのはもうおしまいってこと？」

「缶詰ソースをかけた安いパスタは、もうおしまいってこと。今夜はピザに決定。あなたのおごりでトッピングし放題ね！」ヴィヴィアンは電話を取った。「セレブな暮らしが私たちを待ってるわ」

アレコス・ザゴラキスは黒のフェラーリを降りると、古いヴィクトリア朝様式の建物を見つめた。

ハンプトン・パーク第一小学校。

もちろん、彼女なら子供にかかわる仕事を選ぶだろう。ほかになにがあるというのだ？

子供は四人欲しいという彼女の夢を記事で知ったその日、アレコスは彼女の前から姿を消した。

皮肉な笑みを浮かべ、アレコスは建物を眺めた。修繕が必要なのは一目瞭然《りょうぜん》だ。フェンスの金網はところどころ破れ、雨もりを防ぐためか屋根の一部はビニールでおおわれている。だが今、アレコスの肩に走る緊張はそんなもののせいではなかった。

チャイムが鳴り、一分とたたないうちにスイングドアの向こうから子供たちが校庭にあふれ出た。そのうしろを、子供たちの質問に答えたり喧嘩《けんか》をたしなめたりしながら、若い女性教師が歩いてくる。飾りけのないブラウスにシンプルな黒のスカート、フラットシューズ。アレコスは見向きもしなかった。ただひたすらケリーをさがしていた。


そのうちに、これはきっとなにかの間違いだと思った。あのケリーがこんな地味な場所に埋もれているわけがない。

車へ引き返そうとして、懐かしい笑い声に足がとまった。声をたどると、あの地味な黒のスカートの女性がいた。ケルキラ島の浜辺で出会った奔放な十代の娘とは似ても似つかない。聞き違いだ。そう思った瞬間、彼女が首をかしげた。

引っつめた髪に目がとまった。あの髪留めをはずしたら？　長い髪がはらりと垂れたら？　さえない服を頭の中で一枚ずつはぎ取っていく。

そのとき、彼女がほほえみ、アレコスは息をのんだ。どうして見間違うはずがあるだろう？　明るく朗らかで温かな笑み。屈託のない心からの笑み。唇に吸い寄せられた視線を黒のスカートに戻すと、確かに見覚えのある長い脚が目に入った。男の視線を奪い、言葉を失わせる脚。かつてアレコスの腰にからみついていた脚。

甲高い子供の声がアレコスを現実に引き戻した。男の子のグループがフェラーリに気づいたのだ。やはり目につかない場所にとめておくべきだった。駆け寄る子供たちを、アレコスは猛獣を見るような目で見つめた。

小さな顔が三つ、フェンスに張りついた。

「うわあ、かっこいい車」

「ポルシェでしょ? ポルシェは車の王様だってパパが言ってた」

「大きくなったら、僕も乗るんだ」

アレコスはどう応じたらいいかわからず、無言のままその場に立ち尽くした。子供たちは小さな手で金網を握り、フェンスをがたがたいわせている。

ケリーが心配そうにあたりを見まわすのが見えた。大事な子供が群れからはぐれれば、もちろん彼女はすぐに気づく。そういう女性だ。いつも人の輪の中にいる。おっちょこちょいで、無鉄砲で、騒がしくて、愛情に満ちた女性。彼女なら決して子供を前にして凍りついたりはしない。

ケリーがフェラーリに気づいてさっと青ざめると、サファイアブルーの瞳がよりいっそう際立った。なるほどフェラーリに乗る知り合いは僕一人というわけだ。ケリーの驚きがアレコスの怒りを倍加させた。

あの指輪を――せっかくはめてやった指輪を売りに出されて、僕が黙っているとでも思ったのか?

ロマンチックな再会の場とはほど遠い、なんの変哲もない校庭ごしに、大きな青い瞳と怒りに燃える黒い瞳がぶつかった。

雲間から太陽がのぞき、ケリーの髪を照らした。まるでケルキラ島で初めて会ったあの日の午後のようだ。ターコイズブルーの大胆なビキニと愛くるしい笑みをまとったケリー。その姿がありありと脳裏によみがえり、アレコスはあわてて意識を集中した。

「ほら、あなたたち！」彼女の声はまるでシナモン風味のチョコレートのようになめらかで、ほんの少しだけ刺激的だった。「フェンスにのぼってはいけません！　危ないでしょう」

アレコスは強烈な一打をくらった気がした。四年前なら、彼女はなにをおいてもこの胸に飛びこんできたはずなのに、今は檻《おり》から抜け出た虎《とら》でも見るような目で見つめている。

アレコスは情報を得たい一心で子供に話しかけた。「君たちの先生かい？」

「うん」男の子は叱《しか》られるのもかまわず、金網に足をかけて上にのぼろうとしている。「あんまり怖そうに見えないけど、もし悪いことをしたら……ばーん！」てのひらに拳《こぶし》を打ちつける。

アレコスはぎょっとした。「殴られるのか？」

「まっさかあ」男の子は笑った。「先生は蜘蛛《くも》だって殺さないよ。グラスに入れて、教室から出してやるんだ。大声でどなったことだって一度もない」

「今〝ばーん！〟と言ったじゃないか」

「ミス・ジェンキンズは目だけでお仕置きできちゃうんだ。先生を悲しませちゃったって思うと、すごくいやな気持ちになるから。でも、先生はだれも殴ったりしないよ。ヒボウリョクシュギなんだって」

つまり、非暴力主義のミス・ジェンキンズ。

彼女はまだ結婚していない。欲しがっていた四人の子供をもうけていない。

答えを得て初めて、アレコスはずっとその問いが頭の中で渦巻いていたことに気づいた。

まるで見えない糸にたぐり寄せられるかのように、ケリーがアレコスのほうへ歩きだした。「フレディ、カイル、コリン」教師としての力量をうかがわせる毅然《きぜん》とした口調だ。「フェンスから離れなさい」

子供たちとのやりとりを聞くうちに、アレコスはケリーが決してむやみに黙らせるのではなく、子供たちの質問に一つ一つ答えていることに気づいた。慕われているのは明らかだ。

「あんな車、先生は見たことある？　かっこいいな。僕、写真でしか見たことなかった」

「車なんてみんな同じよ。タイヤが四つにエンジンが一つ。コリン、何度、同じことを言わせるの」ケリーがそらぞらしい笑みを浮かべてアレコスのほうを向いた。「なにかご用でしょうか？」

彼女はいつだって感情を隠すのが下手だった。僕を見るのがそんなに怖いのか？

「さすがにうしろめたいかい、いとしい人《アガペ・ムー》？」

「うしろめたい？」

「その顔はどう見ても僕に会えてうれしいって顔じゃない。さて、どうしてかな？」

ケリーの頬が赤くなり、瞳がきらめいた。「あなたに話すことなんかなにもないわ」

そのあからさまな態度を鼻で笑ってやるはずだった。にもかかわらず、いつしか指輪の件は頭の隅に追いやられ、まったく別のなにかがアレコスを支配していた。もっと熱く、もっと危険で原始的ななにか。彼女のそばでしか感じえないなにか。

視線と視線がからみ合い、ケリーもまた同じことを考えていると悟った。一瞬、時間がとまった。先に視線をそらしたのはケリーだった。さっきまで真っ青だった顔が今は濃いピンクに染まっている。まるで、アレコスがここへ来た理由などわからないとでもいうように。まるで、彼と親密な関係になどなかったとでもいうように。

「先生のボーイフレンド？」小さな声があがった。

「フレディ・ハリソン、そういう質問はしてはいけません！」ケリーが子供たちをフェンスから追いたてた。「こちらはミスター・アレコス・ザゴラキス。決して先生のボーイフレンドじゃありません。遠い昔にお会いしたことがあるだけです」

「じゃあ、友達《フレンド》？」

「ええ、まあ、そうね」

　そのとたん、子供たちがはやしたてた。「わあ、ボーイフレンドだ」

「フレディ、友達とボーイフレンドは違います」

「違うに決まってるだろ」別の子が鼻を鳴らした。「ボーイフレンドだったら、セックスするんだぞ、ばーか」

「先生、カイルがセックスって言いました。それに僕のこと、ばかだって。人のこと、ばかって言っちゃいけないんだよね？」

　ケリーは慣れた調子で喧嘩をおさめ、子供たちを校庭に戻した。それから、だれも聞いていないのを確認してアレコスに歩み寄った。「よくも今さらぬけぬけと顔を出せたものね」手も膝も声も、体じゅうが震えている。「どうしたらそんな無神経になれるの？　子供たちの目がなければ、とっくにあなたを殴っていたわ。あなただってそれが怖くて、わざわざ人目のある場所を選んだんでしょう？　ここでいったいなにをしているの？」

「僕がここへ来た理由は君もわかっているはずだ、ケリー。それともう一つ、君は一度だって人を殴ったことなどない」それも彼女に惹《ひ》かれた理由の一つだ。冷徹なビジネス界に生きるアレコスにとって、ケリーのやさしさは大きな癒しだった。

「だれにでも初めてのときはあるものよ。今日がその一回目になるかもね」まるで心臓がまだ動いているか確かめるかのように、ケリーは胸に手を当てた。「用件があるなら早く言って、さっさと帰って」

　ぴんと張ったブラウスの胸に目を奪われ、アレコスは顔をしかめた。ボタンは喉元まできっちりとめてある。この堅苦しい装いのどこに欲望をたぎらせる理由があるというのか？

　自分にもケリーにもむしょうに腹が立った。「つまらないゲームはやめたほうがいい。君の相手くらい僕にとっては朝飯前だ」

そのとたん、シーツの上に散乱する朝食の残りと裸で横たわるケリーの姿が頭に浮かんだ。新たな朝の喜びを知ったあの日……。

彼女もまた同じことを思い出したのだろう。頬が赤く染まった。

「あなたは朝食を食べないくせに。ただ恐ろしく濃いギリシアコーヒーを飲むだけじゃないの。それに、あなたとゲームをするつもりなんてないわ。あなたはみんなと同じルールでプレイしないもの。あなたは……卑怯《ひきょう》者よ！」

ケリーに反応する体を抑えながら、アレコスはその大きな青い瞳をのぞきこんだ。そして、はっとした。彼女は本当に気づいていないのだ。僕があの指輪の落札者だということに。

アレコスは髪をかきあげ、ギリシア語で小さくののしった。いつもこうだ。先見の明と洞察力でビジネスを成功に導いてきたのに、ケリーにはそれが通用しない。彼女はほかの女たちと同じようにはものを考えない。彼女は僕を驚かせる。何度も、何度も。四年たった今になっても。

ケリーの瞳に光る涙を見つめ、アレコスは息をのんだ。ケリーが指輪を売ったのは僕への当てつけじゃない。僕が彼女を傷つけたからだ。

その瞬間、アレコスは自らの致命的なミスを悟った。来るべきではなかった。僕のためにも、彼女のためにも。「君の口座に僕の四百万ドルが振りこまれたはずだ」こうなったからには、早く事を終わらせなければ。「だから指輪を受け取りに来た」

2

ケリーは教室に入ると、大きく息を吸いこんだ。

アレコスが指輪の落札者？

嘘《うそ》よ！　ぜったいにありえない。額に手を当て、必死に頭をめぐらせた。どうして今の今まで考えてもみなかったの？

だって、億万長者はイーベイで買い物なんてしない。彼の目にとまるとわかっていれば、初めから指輪を出品したりしなかった。

なんてことを……。ケリーは低くうめいた。過去を吹っ切るどころが、逆にアレコスを呼び寄せてしまうとは。

フェンスの向こうに彼の姿を見つけたとき、あやうく失神しそうになった。一瞬、彼が思い直してくれたと思った。僕が悪かった、申しわけないと……。

申しわけない？

ケリーはヒステリックな笑いを抑えこんだ。アレコスが一度だってあやまってくれたことがある？　結婚式をすっぽかしたというささやかな事実さえ彼は口にしなかった。理不尽なまでにハンサムなその顔に反省の色はみじんもなかった。

「先生、どうしたの？」混乱した頭に幼い声が響いた。「なんか変だよ。すごい勢いで教室に飛びこんできて。だれかに追いかけられてるのかと思った」

「追いかけられてる？」ケリーは乾いた唇を舌で湿らせた。「まさか」

「隠れんぼしてるみたい」

「先生は隠れてなんかいません」そう言う声はうわずり、目はうつろだった。ああ、どうして逃げ出したりしたの？　まるで、彼のことをいまだに引きずっているみたいに。彼と別れても私は十分幸せに暮らしている。指輪を売ったのはただの大掃除の一環。そう思わせないといけなかったのに。

この四年間、ずっとアレコスとの再会を夢見てきた。夜、ベッドに横になっては、想像力のすべてを駆使して、生きる世界の違う彼とばったりでくわす場面を思い描いた。でも、まさか、本当に再会するとは思ってもいなかった。ましてこの学校で、なんの前触れもなく。

「じゃあ、火事?」心配そうな二つの瞳がケリーを見つめた。心配性のジェシー・プリンスだ。つづりのテストからテロリストまで、いつもなにかにおびえている。「だって、火事のとき以外、廊下は走っちゃいけないんでしょ?」

「そう、走ってはいけません」火事と、二度と顔を合わせたくない男から逃げるとき以外は。「でも、先生は走っていないわ。走っていたんじゃなくて、早足をしていたの。早足はとても体にいいのよ」アレコスはまだ校門の外にいるかしら? 私を待っていたらどうしよう? 「英語の教科書を開いて。十二ページよ。この間の続きから始めましょう。今日は夏休みのことを詩にするんだったわね」いっそあの場で指輪を渡してしまえばよかった。でも、そうしたら、指輪を首から下げていることがばれてしまう。彼に優越感を抱かせるわけにはいかない。私にだってまだプライドはある。

ぱらぱらとページをめくる音、ひそひそと話す声。やがて、うしろの席から大きな声が響いた。「いてっ! 先生、トムがぶった!」

よりにもよってこんなときに。頭がずきずき痛んだ。一人になってゆっくり考えたいというのに。教師の仕事で唯一得られないものがあるとすれば、それは一人になる時間だ。「トム、前へいらっしゃい」ふくれっ面の少年がのそのそと前へ出るのを待って、ケリーは腰をかがめた。「お友達にすぐに手を上げるのは悪い癖よ。ちゃんとごめんなさいって言いましょうね」

「僕、悪くないもん」髪の色に負けず劣らず真っ赤な頬をしてトムがにらんだ。「ハリーが僕のこと、にんじん頭って呼んだんだ」

「それはひどいわね。ハリーにもちゃんとあやまってもらいましょう。でも、だからって人をたたいていいことにはならないのよ。どんな理由があっても暴力はいけません」

たとえ相手が結婚式の当日に婚約者を捨てるような傲慢《ごうまん》なギリシア男であっても。

「気が短いのは僕のせいじゃないよ。赤毛だからしようがないんだ」

「ハリーをたたいたのは、あなたの髪の毛じゃないでしょう」

別の子が声をあげた。「僕のパパは、やられたらやり返せって言ったよ。そうすれば、もう二度と意地悪されないって」

ケリーはため息をついた。「その前に互いを思いやることだってできるはずよ」クラス全体に向かって言った。「人はそれぞれみんな違うんだから、もっと寛大な気持ちで相手を受け入れてあげなければ。そうだわ、これを今日の標語にしましょう」子供たちの視線を一身に浴びて教壇に上がる。「〝か、ん、だ、い〟の意味がわかる人?」

二十六の手がいっせいに上がった。

「先生、僕、知ってる!」

ケリーはそっと笑みを押し隠した。どんなに疲れているときも子供たちが心をなごませてくれる。

「じゃあ、ジェイソン」

「先生、さっきの男の人がドアの外にいます」

廊下をのぞこうと、二十六の首がいっせいに伸びた。

ケリーが顔を上げるのと、アレコスが教室のドアを開けるのとは、ほぼ同時だった。

ケリーは恐怖に喉をつまらせ、ただ呆然《ぼうぜん》とアレコスを見つめた。絶望とは裏腹に胸が高鳴る。お母さんもこんな気持ちだったの？　未来のない関係だとわかっていながら、お父さんへの気持ちをどうすることもできなかったの？

アレコスの登場で教室の空気が一変し、ケリーはめまいを覚えた。彼はいつだって人々の注目を集めるのだ。

子供たちがいっせいにがたがたと椅子を鳴らして立ちあがった。教師の言葉を待つその姿に、ケリーは目頭が熱くなった。受け持った当初はばらばらだったクラスが今は立派なチームだ。

「みんな、いい子ね。お行儀がいいわ。ノートに星を二つずつあげましょう」子供たちの存在に勇気づけられ、つかつかと歩み寄ってくるアレコスに向かって言った。「今は困るわ。授業中なの」

「僕はちっとも困らない」

視線がからみ合うと熱い記憶がよみがえり、ケリーの脚から力が抜けて、顔がほてった。

それでも、子供たちの前で自分を失うわけにはいかない。「教室にお客さんが来ました。このお客さんのいけなかったところはどこでしょう？」

「ノックをしませんでした、先生」

「正解」ケリーはほほえんだ。「お客さんはノックをしませんでした。お行儀を忘れ、規則を破りました。ですから、先生はこれから廊下へ出てこのクラスの決まり事をお話ししてきます。その間、みんなは詩を書いていましょうね」

ケリーがドアへ向かおうとすると、アレコスが彼女の手首をつかんで引き寄せ、目をまるくする子供たちに視線を向けた。

「君たちに人生における重要な教訓を一つ教えてあ

げよう」まるで重役会議を取り仕切るかのような鋭いまなざしでぐるりと教室を見渡し、ふだんより強いギリシア語なまりで言った。「自分にとって大切なものがあるなら、迷わず突き進め。だれかが去っていくのをただ黙って見ていたり、ドアの外で許可を待っていたりしてはいけない。実行あるのみだ」

聞き慣れない斬新《ざんしん》な教えに、教室はしんと静まり返った。小さな手がいくつか上がった。

「そこの君」アレコスがいちばん前の子を指さした。

「でも、規則があったらどうするの？」

「意味のない規則なら破ればいい」

アレコスが即答し、ケリーはあえいだ。

「だめよ！　破ってはいけません。なんのために規則が――」

「規則は検証されるためにこそある」いかにも傲慢な低い声が子供たちを魅了した。「なぜ規則があるのか、常に自分に問いかけろ。前へ進むためには、ときに規則を破ることも必要だ。だれかにいけないと言われることもあるだろう。そのとき君は黙って従うか？」

子供たちがきょろきょろと顔を見合わせ、ケリーは教室の主導権を取り戻そうと躍起になった。

主導権？　喉元まで笑いがこみあげた。無理よ。これでもう教師の威厳はがた落ちだわ。

アレコスはそれでもケリーの手を放さなかった。

「たとえば今だ。僕はミス・ジェンキンズに話がある。だが、彼女は僕の話を聞こうとしない。さて、どうする？　このまま僕は帰るべきかな？」

子供たちの一人がさっと手を上げた。「それがどのくらい大切な話かによると思います」

「とても大切な話だ」アレコスは一語一語、強調して言った。「だが、もう一つ大切なのは、相手の意見も聞く姿勢を見せるということ。だから、僕はここで一歩ゆずって、話をする場所については彼女に決めてもらう。ケリー?」アレコスがケリーに顔を向けた。「ここか、それとも外か?」

「外よ」ケリーが歯ぎしりしながら答えると、アレコスは満足げにうなずいた。

「これが正しい交渉術というものだ。互いに納得のできる道を模索する。では、しばらくミス・ジェンキンズをお借りする。その間、君たちは……論文をまとめるんだ。テーマは、なぜ規則をうのみにしてはいけないか」

「違うわ！　子供たちは詩を書くのよ」

「いいだろう」アレコスの視線がケリーの唇をとらえ、それから子供たちに戻った。「詩を書きなさい。規則を破る意義について。ご静聴ありがとう。一生懸命勉強すれば必ず成功はつかめる。肝心なのは、君たちがどこから来たかではなく、どこへ向かうかだ」彼はケリーの手首をつかんだまま、うむを言わせず教室を出た。

廊下に出ると、ケリーは力なく壁に寄りかかった。「あんなことをするなんて信じられない」

「どういたしまして。通常なら五十万ドルの講演料をもらうところだが、今回は次世代の育成のために喜んで辞退しよう」

「だれが感謝なんてするもんですか！」

「それは心外だな。規則にがんじがらめのロボットからは未来の起業家は生まれない」アレコスはケリーの顔を見て、にやりとした。「おやおや、どうやら僕のノートには星はもらえないらしい」

「あなたに子供のなにがわかるの?」

とたんにアレコスの顔から笑みが消えた。「わからない」張りつめた声だ。「僕は子供に向けて話したんじゃない。大人として話をしたんだ」

「でも、あの子たちは大人じゃないわ、アレコス。集団生活を学ばせるのがどれだけ大変か、あなたにわかる?」手首にからまる力強い指と、自分を見おろずセクシーな瞳を意識せずにはいられない。「私が最初にあのクラスを引き継いだときには、みんな五分とじっと座っていられなかったのよ」

「じっと座っていることが、それほどいいこととは思わない。僕は経営会議の間もたいてい歩きまわっている。そのほうが考えがまとまるんだ。命令どおりに行動するクローンを大量生産するより、もっと質問を奨励すべきだろう。たとえば、どうして君は僕の指輪を売ったのか？」

ケリーは質問を無視した。「規則がなければ、社会は成立しないわ」

「規則を破る者がいなければ、社会は発展しない」

アレコスはうなった。「まあ、いい。僕はそんなことを言いに――」

廊下の向こうで甲高い叫び声が聞こえ、あわただしい足音が響いた。

「先生、大変！　部屋じゅうびしょびしょなの！」

アレコスはため息をついた。「ここには落ち着いて話のできる場所はないのか？」

「あるわけないでしょう。ここは学校よ」

子供たちに続いてヴィヴィアンが走ってきた。

「ああ、ケリー」ブラウスがところどころ濡《ぬ》れている。「女子更衣室で水もれがあって、一面水びたしなの。しばらくこの子たちをお願いできる？　職員室に行って電話をかけてくるわ。こういうときはやっぱり水道屋？　それとも、学校が沈む前に潜水艦の出動を要請すべき？　配管とか水道に詳しい人がいるといいんだけど」

「それならここにいる」アレコスはため息をついた。「どこなんだ？　案内してくれ。このままじゃ、いつまでたっても君と話ができない」

アレコスに気づくと、ヴィヴィアンが目を見開いた。友人のそんな反応にもケリーは慣れっこだった。

「アレコスよ、ヴィヴィアン。アレコス、こちらは私の友人で同僚のヴィヴィアン・メイソン」

「アレコス？」説明しろと言わんばかりの視線だ。

ケリーは肩をすくめた。「彼が指輪の落札者よ」

「指輪？」ヴィヴィアンがわざとらしく口をぽかんと開けた。「ああ、あなたが下着の引き出しの奥にしまいこんでいたあの古い指輪ね。思い出したわ……なんとなくだけど」

ケリーは真っ赤になった。アレコスが愉快そうに見つめている。

「とにかく、水道屋に電話してくるわね」

廊下に水が流れ出ているのを見て、アレコスが言った。「超能力者がいるならともかく、水道屋が到着するころには学校が沈んでいる。工具箱を持ってきてくれ。なければ、使えそうなものならなんでもいい。それから、水道の元栓を締めて」

そう言うなり彼が大股に歩きだし、ケリーはあわててそのあとを追った。

「アレコス、むちゃよ」

彼の高価なスーツと革靴を見て言うと、アレコスが振り返り、一瞬でケリーの心を読んで皮肉な笑みを浮かべた。

「表紙だけで本を判断するな。たしか君たちの国ではそう言うんじゃなかったか？　アテネで会議を終えてすぐここへ来たんだ。スーツを着ているからって力仕事ができないわけじゃない。道具を持ってきてくれ、ケリー」

「男前のうえに水道管まで直せちゃうわけ？　うらやましくてどうにかなりそう」ヴィヴィアンがつぶやいた。

ケリーは友人のわき腹をこづいた。「いいから、早く元栓を締めてきて」

ようやく水がとまり、校務員室から錆《さび》だらけの工具箱が見つかるころには、アレコスはすでに漏水箇所を特定していた。

「この接合部分が腐食したんだ」濡れたシャツが肌に張りつき、引き締まった胸板をあらわにしている。

「工具箱の中身は？」

「さあ、私にはさっぱり」見事な体を前にして、ケリーはどぎまぎしながら重い蓋《ふた》を開けた。

「それを取ってくれ。違う、その下のやつだ」彼が中をのぞいて言い、問題のパイプをはずして丹念に調べはじめた。「原因はここだ。どうやら一度も交換されていないらしい。管理人はいないのか？」

ヴィヴィアンは穴のあくほどアレコスの広い肩を見つめている。「校務員ならいるけど、あなたほどの技術はないわ。それに、この学校にはお金がないから」

「必要なのは金じゃない。定期点検だ。ケリー、ズボンのポケットに携帯電話が入っている。取ってくれ」

「でも――」

「手が離せないんだ。おまけに濡れている」

しかたなくポケットに手を入れると、濡れた生地ごしにアレコスの体がかっと熱くなるのを感じた。ケリーは急いで携帯電話を取り出した。四年前なら彼の体から手を離すことができなかった。そして彼も、私の体から手を離すことができなかった。

ずっと忘れようとしていたこの感覚。アレコスの熱いまなざしが彼も同じ気持ちだと伝えていた。ケリーはごくりと唾《つば》をのんだ。「どうしてほしいの？」

「短縮ダイヤルを押してくれ」

ケリーはアレコスの指示に従ってボタンを押し、彼の耳に電話を押し当てた。なめらかなギリシア語を聞きながら、彼の体だけでなく言葉も学べばよかったと後悔した。せめてひと言、〝私の人生から消えて〟と伝えられるように。

「なにをしゃべっているか、わかるの？」

ヴィヴィアンが小声でききき、ケリーは首を横に振った。アレコスが電話を終えた。

「あと十分で僕の部下がここへ来る。パイプを修理するのはわけもないが、いかんせん材料がない。同じ直径の新しいパイプが必要だ。ボディガードたちに持ってこさせよう。どうせ表でうろうろしているなら、人の役に立ったほうがいいだろう」アレコスは額の汗をぬぐい、水びたしの室内を見まわした。

「これが船なら、とっくに沈んでいるな」

「ほんと、タイタニックも顔負けね」

すっかりのぼせたヴィヴィアンの口調に、ケリーはくるりと目を動かした。

アレコスのそばにいるだけでつらいのに、大の親友が彼を英雄扱いするなんて。「さあ、もうおしまいにしましょう。アレコス、あなたは忙しいんでしょう？　原因もわかったことだし、あとはこっちでなんとかするわ。もう帰ってくれてけっこうよ」

「え？　なにばかなことを言ってるの！」ヴィヴィアンが叫んだ。「せっかくやってくれるっていうのに、どうして帰らせなくちゃならないのよ？」

「僕との距離が近すぎて、ケリーは落ち着かないのさ」アレコスが意地悪な笑みを浮かべ、ケリーを見つめた。「そうだろう、いとしい人《アガペ・ムー》？」

その呼びかけに、忘れようとしていた濃密な時間がありありとよみがえり、張りつめた思いがいっきにはじけた。「指輪を売るのはもうやめたわ。いい人に引き取ってもらえればと思っていたけど、あなたはどう考えてもいい人とは言えないもの。ちょっと袖《そで》をまくって水もれを直したくらいで私が感激すると思わないで」

「あら、私は感激よ」ヴィヴィアンがうっとりした顔で言った。「海運会社のお偉い社長さんだとばかり思っていたら……まさか、こんな……」

「海運会社の社長をしているのは事実だが」アレコ

スが言った。

「でも、一日じゅうデスクでそっくり返っているわけじゃないのね」

「残念ながら、一日の大半はデスクについている。ただ、造船工学と船舶工学を学んだおかげで、いざというときに役に立つ」彼が顔を上げると、女性に連れられて工具をかかえた五人の男が入ってきた。

「こちらの方々が……まあ」目をしばたたく事務員の女性に、ケリーはなんとか笑顔をつくろった。

「大丈夫、もう心配ないわ、ジャネット」

そして、本当にそのとおりになった。アレコスの指揮の下、男たちは見事なチームワークを見せたが、なによりケリーが驚いたのはアレコス自らが修理を行ったことだ。男たちは彼に必要な資材を渡すと、部屋の水をかき出して乾燥機の設置に取りかかり、アレコスがパイプの交換を終えるころには、更衣室はほぼ元どおりの状態に戻っていた。

ケリーがこっそり部屋を抜け出そうとすると、アレコスが手首をつかんだ。

「だめだ、もう逃がさない」体を引き寄せたかと思うと、またたく間に腕に抱きあげた。

ケリーはぎょっとして、思わず彼の肩にしがみついた。「なにをするの？　下ろして！」

ヴィヴィアンが半分あきれ、半分笑ってアレコスの腕に手をかけた。「なんでもいいけど、彼女を落とさないでよ。そんなに待てないなら、いっそ私の教室を貸してあげる。今ならだれもいないから」

「下ろして！」ケリーは身をよじった。「こんな格好を子供に見られたら面目まるつぶれだわ。これじゃ、まるで――」

「僕の女みたいかい？」アレコスはケリーを無視して男たちにギリシア語でなにか告げ、そのまま大股に部屋をあとにした。「十九のころより少し重くなったな」

「そう、よかった」ケリーはショックを押し隠した。

「ぎっくり腰にでもなればいいのよ」

「ほめ言葉だよ。ふえた分はみんなあるべき場所についたようだから。もっとも、詳しく見てみないことにはなんとも言えないが」

「恋人がいるのに、よくもそんなことが言えるわね」

「君はやきもちをやいている」

「まさか。あなたなんて、あのがりがりの美女にくれてやるわ」身をよじればよじるほど強く抱き締められ、ケリーはしかたなく動きをとめた。懐かしい彼の香りをかぐまいとしながら。「いいかげんに下ろして、アレコス」

アレコスの返事はキスだった。欲望の渦にのみこまれる寸前、遠くにヴィヴィアンの声が聞こえた。

「彼か四百万ドルか選べって言われたら、私なら断然、彼を選ぶわ、ケル」

3

流線型の黒いフェラーリが轟音《ごうおん》とともに細い道を駆け抜けた。座席に下ろされ、ケリーは内心ほっとしていた。アレコスの腕の中で体がとろけたようになっていたからだ。「あんなところでキスをするなんて信じられない。もう二度とみんなと顔を合わせられないわ」

「君の自己抑制は四年前に克服したはずだが」

「私は自分を抑えてなんかいません！　ただ、あなたみたいな恥知らずな人と違って――」

「君はなにもかも初めてだった」アレコスがスムーズにギアを入れ替えた。「多少先を急いだのは認めるが、なにしろ僕も君くらい経験のない女性は初めてだったからね」

さらりと切り返され、ケリーの顔は火がついたように熱くなった。「あら、悪かったわね!」

「とんでもない。僕はギリシア人だ。君へのレッスンほど官能的な経験はなかったよ」

ケリーは身をよじった。「おまけに、いつも煌々《こうこう》と明かりをつけて」

「明かり?」

「あなたは照明を消してくれなかったわ!」

「ああ、君を見ていたかったんだ」

私はいつも必死に隠そうとしていたのに……。

「地球温暖化も知らないの? むだな照明は消さないといけないのよ。まあ、いいわ。とにかく、私は自分を抑えてなんかいないし、だからって露出狂でもない。そもそもあなたとキスなんてしたくないの。考えただけで気分が悪くなるわ」

アレコスが前を見つめたままほほえんだ。「わかってる」

ケリーはかっとした。彼の態度も、おさまらない胸の動悸《どうき》も、なにもかも許せなかった。「よくも今さら私の前に出られたものね。四年も音信不通だったくせに、説明一つしないで。どうせあやまる気だってないんでしょう? あなたには良心ってものがないのよ。私にはあんなふうに人を傷つけることなんてぜったいにできない。でも、あなたにはなんでもないことなんだわ」

ハンドルを握るアレコスの手に力がこもった。

「僕にだって良心くらいあるさ」吐き捨てるように言った。「だからこそ、結婚しなかった。してはいけないと思ったんだ」

「なによ、それ? いったいどんな屁理屈《へりくつ》なの? ああ、もういいわ、なにも言わないで」ケリーはぎゅっと目をつぶった。彼のキスに応《こた》えてしまった。飢えたように、無我夢中で、愚かな自分をさらけ出して。「どうしてさっきキスしたの？」

「君がいつまでも黙らないからだ」

自尊心がいっそう傷ついた。私に魅力があったからでも、誘惑に駆られたからでもなんでもない、単なる口封じのキス。「スピードを落として。車酔いしちゃうわ」彼のキスに酔ったとは認めたくなかった。アレコスは女性を喜ばせるすべを知り尽くしている。それが私にとっては不幸の始まりだった……。ケリーは窓の外を流れる木々をぼんやりと見つめた。良心があるから結婚しなかったなんて、いったいどういうこと？　世の女性たちから最高のセックスを奪うわけにはいかないとでもいうの？

ヒステリックな笑いがこみあげた。

いっそこの場で首にかけたチェーンを引きちぎり、指輪を渡して、なにもかも終わりにしたい。これ以上、なにを失うというの？　プライド？　いいえ、アレコスもばかじゃない。私の気持ちなんて、きっともうとっくにお見通しよ。

ああ、こんなことなら自宅の住所なんて教えるんじゃなかった。でも、あのときは恥ずかしさでいっぱいで、学校から逃げ出すことしか考えられなかった。

心臓がどきどきし、口の中はからからだ。いくら冷静になろうとしても、この狭い空間に二人きりでは頭が働いてくれない。アレコスの長い脚がすぐ隣にある。そっと顔をうかがうと、遠い記憶があふれだした。彼のセクシーな唇が私に本当のキスを教え、彼の器用な指が私の心と体を解放した。なにもかもが驚くほど濃密で完璧《かんぺき》なまでに美しく、私は世界一幸せな女だと思った。

まさに夢のようなセックスだった。しかも、それだけではなかった。

二人の間には常に笑いがあり、刺激があった。純粋に楽しかった。

あとにも先にもあれほど私を高めた関係はない。

あれほど私を苦しめた関係も。

もうこれ以上、生きていても意味がない。一度は本気でそう思った。あの日、いつになっても現れない彼を待ち、必死に平静を装いながら。

幼い日の光景が脳裏をよぎり、ケリーはぎゅっと目をつぶった。混同してはだめよ。頭ではわかっているのに、たとえ相手が違っても拒絶される気持ちに違いはなかった。

「次の角を左へ」カリーはかすれ声で言った。「門の錆《さ》びた、ピンクの小さなコテージが私の家よ。外で待っていてくれれば、指輪を取ってくるわ」

今こそ正念場よ。顔を合わせたら最後、彼への気持ちを抑えられないなんて、この四年間、いったいなにをしてきたの？　なんのために慎重に時間を積み重ねてきたの？

アレコスのことはとっくに乗り越えた。私はもう前へ進んでいる。今でもたまにたくましいギリシア人や情熱的なセックスが夢に出てくるけれど、以前のように彼が恋しくて胸が張り裂けそうになることはなくなったし、指輪を身につけているのも今日が最後だ。明日からはなにかとびきり新しいことを始めよう。アフリカに学校を建てるプロジェクトに参加するとか。そして、たくさんの人とキスをしよう。本物のキスができる男性を見つけるまで。まさかアレコス一人のはずはない。

隣家のカーテンがかすかに動くのに気づき、ケリーはうめき声をあげた。少なくとも百年は語り継がれる絶好の噂《うわさ》の種だ。「いいこと？　ぜったいにここでキスしないで。九十六歳のミセス・ヒルが窓からのぞいているわ。心臓発作を起こしちゃう」

車から降りたケリーは、アレコスのほうを振り返った。どうしてこんなにも悠然としていられるの？　会議室でも浜辺でも、大都会でも田舎町でも、アレコスは常に自信たっぷりで、余裕が全身からにじみ出ている。夕日に照らされたその姿は、息をのむほどすばらしい。以前よりがっしりした体、少しだけ険しくなった顔。かつてのりりしさはそのままに、四年の月日が男の色気を倍加させていた。

「ここが君の家？」

ケリーはむっとした。「みんながみんな億万長者じゃないのよ。人を見下すなんて失礼だわ」

「だれも見下してなんかいないさ。いちいち突っかかるのはやめてくれ。それに、僕の頭の中を読もうとするのも。正直言って、かなり見当はずれだからね。ただ意外に思ったんだ。ここはとても静かだ。君はとても社交的な人だから、てっきりロンドンの街中に住んで、毎晩、遊びまわっているかと思ったよ」

アレコスが去ってからのみじめな暮らしぶりを話して彼をつけあがらせるつもりはない。ケリーは鍵《かぎ》をさがしてバッグの中をかきまわした。「ええ、毎晩、遊びまわっているわ。あなたがびっくりするくらい」

アレコスがあたりを見まわし、片方の眉を上げた。「なるほど、それはびっくりだ。この場所が夜になると、にぎやかになるっていうのかい？」

ケリーは庭を訪れる穴熊《あなぐま》や狐《きつね》、針鼠《はりねずみ》を思い浮かべた。「ええ、それはもう。アンダーグラウンドな夜の遊び場よ」私より穴熊のほうがずっと楽しい性生活を送っているなんてどうかしている。でも、それも半分は自分のせいだ。記者たちが怖くて、家に引きこもってしまったのだから。「待っていて。今、指輪を取ってくるわ」

「僕も一緒に行くよ。君の隣人に心臓発作を起こさせるわけにいかないからね。ここでは人目につきすぎる」

アレコスの広い肩とがっしりした顎の線に視線を

奪われ、ケリーはあわてて顔をそむけた。「あなたを家に入れたくないわ」

アレコスはかまわず、ケリーの手から鍵を奪って玄関へ向かった。

ケリーは急いであとを追った。「招待されてもいないのに人の家に上がりこむつもり？」

「だったら、解決法は簡単だ。招待してくれ」

「いやよ。私は善良な人しか家に入れないの。あなたは……」ケリーはアレコスの胸に指を突きたてた。「善良とは言えないわ」

「どうして僕の指輪を売った？」

「どうして結婚式に私を一人にしたの？」

アレコスは鋭く息を吸いこんだ。「言ったはずだ」

「私のため？　ええ、聞いたわ。ずいぶん変わった思いやりもあるものね」

アレコスは珍しく言葉につまったようだ。「僕だってつらかった」

「説明して。いえ、やっぱりけっこう。聞きたくもないわ」私を選ばなかった理由なんて。あの細身の美女を選んだ理由なんて。「入るなら入って。今、指輪を持ってくるから」

アレコスは動かなかった。「君を傷つけてしまったのはわかっている——」

「まあ、鋭い。ほめてあげるわ」ケリーは彼の手から鍵を奪い返し、玄関へ向かった。あきらめて帰ってくれればいい。だが、それが無理なことはわかっていた。何事も決してあきらめない粘り強さがあればこそ、アレコスは今日の富と地位を築いたのだ。彼は障害をものともしない。必要とあらば、蹴散《けち》らしてでも前へ進む。それでも、そのすぐれた統率力で、真に革新的な実業家として高く評価されている。一方、彼の恋人としての手腕はといえば……。

ケリーは邪念を振り払い、ドアを押した。床に散乱する雑誌が引っかかってうまく開かない。「失礼」

顔をゆがめ、もう一度強く押した。「捨てる努力はしているんだけど」

「捨てる努力？」

「だって、苦手なんだもの。なにか大事なものを捨ててしまったらと思うと怖くて」ケリーは身をかがめて雑誌をまとめ、ためらいがちにリサイクル箱をちらりと見て、やはり床の上に戻した。「この雑誌だって、またいつ読みたいと思うかわからないし」

アレコスが、まるで宇宙から来た珍しい生き物でも前にしたような目でケリーを見た。「そのわりに、いつも落とし物ばかりしていた気がするが」

愉快そうな瞳の輝きがケリーの癇《かん》にさわった。

「ええ、そうよ。世の中、完璧な人間なんていないの。でも、少なくとも私はわざと人を傷つけたりしないわ」

ぴしゃりと言い返したまではよかったものの、次の瞬間、アレコスが勢いよくドア枠に頭をぶつけるのを見て思わず声をあげた。

「まあ、気をつけて！　大丈夫？　痛くない？　今、氷を持ってくるわね」同情が先に立ったが、すぐにそんな義理はないと気づいた。「このあたりの家はみんな古いの。入るときはちゃんと腰をかがめてちょうだい」

「そういうことはぶつける前に言ってほしいね」アレコスが額をさすりながら言った。

「身長百八十センチ以下の人には関係ないもの」

「僕は百九十だ」

言われなくても、そびえたつような長身をいやというほど意識している。

ケリーはたじろいで一歩うしろに下がった。「ちゃんと前を見て歩かないからよ」

「僕は君を見ていたんだ」自分に腹を立てているような、いまいましげな口調だ。

それがケリーの自尊心をくすぐった。

たとえ細身でなくても、たとえアレコスの気持ちが別のところにあっても、私は今も彼の目を釘《くぎ》づけにできるんだわ。

しかし、喜んだのもつかの間、アレコスの広い肩が狭い玄関を占領し、ふだんは居心地のいい我が家が熱気のるつぼと化した。この小さなコテージに彼を入れるのは凶暴な虎《とら》を小さな檻《おり》の中に閉じこめるようなものだ。檻の外と中では、天国と地獄ほども違う。

またたく間に形勢を逆転され、ケリーは青ざめた顔で未開封の手紙の山の上に鍵をほうった。アレコスのそばにいると、どうしてセックスのことばかり考えてしまうの？　決して体だけの関係ではなかったのに、ほかのことがいっさい頭から消えてしまう。

きっと、ずっと満たされていなかったせいだわ。えり好みなんてしているんじゃなかった。夜の生活を楽しんでさえいれば、こんな思いはしなかった。体のうずきを覚えることもなかったのに。

この四年間、仕事だけにエネルギーをそそぎ、私生活を無視してきた。体のうずきなど存在しないと自分に言い聞かせていた。

でも、現に存在していたのだ。

アレコスを見たとたん、まるでスイッチが入ったように、自分に欠けていたものがはっきりとわかった。

ケリーはたまらず、狭い玄関を逃げ出してキッチンへ向かった。

アレコスもそれに続き、今度は腰をかがめて低い梁《はり》をよけた。「この家は危険だらけだ」

「だれかさんにとってはね。きっと歓迎すべき人とそうでない人がわかるのよ。私は怖くもなんともないもの」

怖いのはあなたよ。近づいたら最後、奈落《ならく》の底へ落ちてしまいそう。

アレコスとの間はいつもこうだった。互いを意識せずにはいられず、野性的なまでに引き寄せ合う。その引力に負けたとき、ただでは戻れない激しい欲望の渦に二人とものみこまれてしまうのだ。ケリーは恐ろしかった。そんな情熱が存在することが恐ろしかった。にもかかわらず、まるで死の嵐《あらし》を予告するかのように、今なおその情熱がくすぶっている。過去になにがあろうと関係ない。圧倒的な引力を前に理屈が通用しないことは身にしみてわかっている。

「待っていて。指輪を持ってくるわ」

「コーヒーを出してくれないのか」

「どうして出さないといけないの？」

「それがもてなしというものだろう」

「そうね、あなたたちギリシア人はもてなしをなにより大事にしている。だから、たとえ結婚式当日に婚約者を捨てても、その四年後に招かれもせずに勝手に家へ押しかけても、当然、コーヒーとギリシア菓子が出てくると思っているんだわ」

「君は決して怒ったりしない人だ」

「本当かどうか、そばで見ていたらどう？」ケリーは荒々しくやかんに水を入れた。「前言撤回よ。やっぱりそばにいられたら迷惑だわ」

「ギリシアコーヒーを頼む」

「私はギリシアコーヒーは嫌いなの。紅茶で我慢して」

アレコスが朝から置きっぱなしになっている調理台のポットに目をやった。「ギリシアコーヒーが嫌いなら、どうして飲んでいるんだい？」

ケリーは顔を真っ赤にして、いまいましいポットをにらんだ。ケルキラ島での幸せな日々が恋しくて飲んでいるうちに本当に好きになったなんて、どうして言えるだろう。「それはつまり……」

「よかったよ、君がギリシア嫌いになっていなくて」

ケリーはぷいと背中を向けた。この際、子供じみていてもかまわない。頭上の戸棚を開けると、ライスの袋がころがり落ちて頭に当たった。それを拾いあげ、奥にしまいこんだインスタントコーヒーの瓶に手を伸ばす。「いつもはこれを飲んでいるの」嘘《うそ》をついて蓋《ふた》をひねったものの、半年以上開けていなかったせいで中はしけっていた。しかたなくスプーンで塊を砕き、マグカップに入れた。

アレコスは黒いまつげの下からそのようすをじっと眺め、上着を脱いで椅子の背にかけた。「君は昔から嘘をつくのが下手だった」

筋肉質のたくましい腕が目に飛びこみ、その腕《うで》枕《まくら》で眠っていた日々を思い出させた。

「それにひきかえ、あなたは嘘の達人ね。君しかいないって顔で愛を交わしておいて、いざ結婚式になったら、さよならも告げずに姿を消すんだから」

「どうして指輪を売った？」

ケリーは過去に固執するあまり、すぐに答えることができなかった。会話は噛《か》み合わず、アレコスのブロンズ色の肌の下で血がふつふつとたぎるのがはっきりとわかった。二人の関係を特別なものにした情熱が、今はまったく別の方向へ向けられている。まるで噴火寸前の火山のようだ。燃えるような瞳がケリーをどぎまぎさせた。

「どうしてもなにも、持っていてもしかたないからよ。愚かな過ちを思い出すだけだもの。今、渡すから、すぐに帰って。どうせなら帰りにもういっぺんくらい頭をぶつけるといいわ」

震える手で湯をつぎ、アレコスの前へマグカップを突き出すと、コーヒーがこぼれた。罪悪感が胸をついた。無愛想な態度はケリーの本質に反していたけれど、アレコスは客というより侵略者だったし、そもそもケリーは自分の本質が怖かった。自分を知ればこそ、警戒心を解くわけにはいかない。あまりにアレコスを意識し、彼に反応する自分の体を意識していた。あんな仕打ちを受けてなお、どうしてこんなにも惹《ひ》かれてしまうのか。黒々としたまつげもがっしりした顎も今は関係ない。仕立てのよいシャツに包まれた分厚い胸板に目を奪われてはいけない。むしろ、その圧倒的な力が二人の関係を砕くことにそそがれた、あの日の痛みを思い出すべきだ。

アレコスは狭いキッチンをいらいらと歩きまわり、それでもなお気が晴れないと見えて荒々しく髪をかきむしった。

「あの指輪はプレゼントだ。それを君は見ず知らずの他人に売ろうとした」

ようやく吐き出されたその言葉に、ケリーは驚いてアレコスを見つめた。

「どうして私がいつまでも持っていなくちゃならないの？」首から下げた指輪がふいに重く感じられた。「特別な思い入れでもあると思う？」

「僕が贈ったものだ」

「セックスの代金としてね」それ以上の意味があったなんて考えてはだめ。「私の体が目当てだったんでしょう？　あなたの頭の中は毎分毎秒セックスでいっぱい。しょせん、私たちはそれだけの関係だったのよ」

二人が交わした情熱に話が及ぶと、アレコスの瞳が熱っぽく輝き、ケリーは唇を舌で湿した。どうしよう、こんなはずじゃなかったのに。

「毎分毎秒じゃない。六秒おきというのが専門家の見解だ。男は六秒ごとにセックスのことを考える。つまり、残りの五秒間は別のことを考えられるわけだ」

「あなたの場合はどうせお金もうけでしょうけど」

「金に困っているのか？　だから指輪を売ったのか？」彼が脅すような目をしてケリーにつめ寄った。

アレコスなんて怖くない。怖いものですか。ケリーは調理台にしがみついた。露骨なまでに男を感じさせるアレコスの存在が心をかき乱す。ほかのだれにも覚えたことのないこの感覚を、はたして肯定していいのか悪いのか……。

だめよ。だめに決まっているわ。ケリーは大きく息を吸いこんだ。

アレコスは雄々しさを誇示するかのごとく両脚を広げて目の前に立ちはだかっている。その圧倒的なオーラが部屋の温度をいっきに危険なまでに引きあげた。

体が悲鳴をあげ、ケリーはアレコスを押しのけた。「近すぎるわ。向こうへ行って」

「この五秒間、僕はずっとコーヒーのことを考えていた」アレコスが言った。「つまり、次はセックスの番だ」

ああ、どうしてこの人の前で不用意な発言をしてしまったの？　セックスのことなんて考えたくもない。最も避けるべき、最も危険な話題なのに。

しかし、もう遅かった。

まるでどこからか煙が忍び寄るように、いつのまにか体の奥が熱くほてりだし、燃えあがる炎がすべてをのみこもうとしていた。

決して屈するまいと、ケリーは逃げ出そうとしたが、アレコスが彼女の腕をつかんで引き寄せた。避けがたい運命なのか、二つの体が重なり、火花の散るその瞬間、アレコスはケリーの無言の訴えを読み取った。彼はいつもそうだった。まるでおおいをはぎ取ったかのように正確に、本人さえも気づかない心の声を聞いてしまう。

暗黙の了解が二人の間に熱く重く立ちこめた。

ふいにアレコスの唇がケリーの唇をふさいだ。激しいキスがケリーを四年前に引き戻す。情熱に突き動かされていた時代、世界が完璧だった時代、アレコスと一緒にいることがすべてだった時代。

身も心もとろけ、しばし息をすることも考えることもできなかった。

「やめて！」ケリーはもがき、唇を引き離した。

アレコスが荒い息をつき、意識を集中しようと、ぎらつく目でケリーの瞳をのぞきこんだ。「わかっている」いつになく強いギリシア語なまりの英語だった。「まったく、どうかしている」

「私はこんなつもりじゃ――」

「僕もだ」

どちらかが一歩うしろに下がれば、それですんだのかもしれない。

しかし、二つの唇は再び野蛮なまでの勢いでぶつかり、そこに生まれる圧倒的な世界にケリーはつかの間、我を忘れた。

ずっとこれを求めていた。

ずっと彼を求めていた。

アレコスの唇。アレコスの手。ケリーは無我夢中でキスを返した。彼に負けず劣らず貪欲《どんよく》に、かつてないほど大胆に。しかし、そのキスには怒りもこめられていた。彼女は心の中でささやいた。教えてあげる――あなたがなにを失ったかを。なにを手放したかを。

アレコスがギリシア語でなにかつぶやくと、震えるその声がケリーに意地悪な満足感をもたらした。

そうよ、こんなにいいものをあなたは捨てたの。あなたは私を捨てたのよ。

ケリーは喉を鳴らし、挑発するようにアレコスの唇の端に舌を這《は》わせた。欲望か、プライドか、それとも復讐《ふくしゅう》か。なにが自分を駆りたてているのかわからない。ただアレコスと一つになりたかった。

アレコスがケリーの背中を調理台に押しつけた。ケリーは彼のシャツをつかんで、その体を引き寄せた。二人はひたすら唇を合わせた。まるで地球最後の日のように。まるで人類の未来が二人の欲望にかかっているかのように。まるで別れたことなどなかったかのように。

心も体も燃えあがり、ケリーは思った。もうどんなに愚かでもかまわない。

記憶の中と同じ巧みな指先。骨まで溶かすようなキス。

そう、私はアレコスを憎んでいる。憎んでも憎みきれないほどに。だが、そんな感情さえ、燃えあがる炎にそそぐ油のように二人をあおるだけだ。こんな気持ちになりたくないと思いながら、二人のセックスが常に完璧だったことを思い出した。だからこそ、今日まで遠ざかってこられたのだ。ほかの人とではこうはいかないことはわかっていた。がっかりするくらいなら禁欲を貫いたほうがずっといい。

「だめだ、こんなことはするべきじゃない」

アレコスがケリーの喉元でうなると、ケリーは彼を放すまいと脚をからませた。

「そうね、いけないわ」

「君は僕を憎んでいる」

「ええ、心の底から」

「僕だって頭にきているんだ。君は指輪を売った」

「私だって頭にきているわ。あの指輪を別の人に渡そうとするなんて」

「違う！」アレコスがケリーの顔を離し、憎悪に満ちたまなざしを向けた。「別の女にやるつもりなんかない」

「あんな女、大嫌い。あなたなんか、大嫌い」

アレコスは息を吸いこんだ。「やっぱり自業自得かな」

「当たり前よ」しかし、その手はすでにアレコスのベルトに伸びていた。指先が下腹部に触れると、アレコスがはっと息をのむのがわかった。

「こんなことをしたら、ますます君に嫌われる」

「無理よ。これ以上嫌いになるなんて」

アレコスの手がケリーの腿を這いあがった。「だったら、やめる理由はどこにもない」やがてその指先が素肌に達すると、うめき声がもれた。「ガーターベルトとストッキングをつけているのか？」

「仕事のときはいつもよ」彼女はどうなの、アレコス？　こんなことをしてくれる？　こんな気持ちにさせてくれる？

「お堅い黒のスカートにガーターベルトとストッキングか」スカートが床に落ちた。「先生ぶったその格好がたまらない」アレコスは乱暴に髪留めをはずし、ケリーの小さな悲鳴をキスでふさいだ。「ごめん。痛くするつもりじゃなかったんだ」

「あなたはいつだって私を傷つけるのよ」ほどけた柔らかな髪にアレコスが両手を差し入れた。「この程度の痛みはものの数にも入らないわ」

「わかっている。僕は完全なろくでなしだった」

「ええ、そうよ。今だってそう。だから、お願い……」

ケリーが腰を押しつけ、アレコスの唇に歯を立てると、彼は唇をむさぼった。

「僕をこんな気持ちにさせるのは君だけだ」

うれしさがこみあげた。「何人も試したくせに」

アレコスはケリーの首筋に顔をうずめた。「四年前の君は、これほど大胆じゃなかった」

そうよ、ここまで飢えていなかった……。ケリーは目を閉じた。「しゃべらないで」

アレコスは返事をする代わりに熱い口づけをした。ケリーは息をすることも、まっすぐ立つこともままならず、アレコスの肩をひしとつかんだが、やがてその手がたくましい筋肉をやさしくなぞりはじめた。

「ケリー……」

「なにも言わないで」自分たちがなにをしているかなんて聞かされたくない。ケリーはアレコスのシャツをはぎ取り、たくましい胸に手をすべらせた。柔らかな胸毛が指をくすぐる。目の前にネクタイがぶらさがっていたが、それすら気にならないほど彼の体に夢中だった。

アレコスとセックスをすることは、自分の体がなんのために創《つく》られたかを知ることだ。

アレコスが恍惚《こうこつ》のまなざしでケリーを見つめた。そのむき出しの欲望にケリーは身震いした。ぜったいに後悔するはめになる。

それでもよかった。

アレコスが嘘をついているのもわかっている。きっと恋人に指輪を贈るのだ。だとしても、私のことはそう簡単に忘れさせない。彼の顎に唇を這わせながら、ケリーは心に誓った。ほかの女性は行きずりの男性とセックスをする。でも、私はしない。私のセックスはこの人に始まり、この人に終わる。

彼が欲しくて体じゅうがうずき、テーブルの上に体を持ちあげられたときには、言葉にならない声をもらした。

「アレコス……」

「君を味わいたい。君を……」アレコスがケリーのブラウスをはぎ取り、ブラジャーをはずして胸の先に唇を押し当てた。

まるで焼き印のように熱い唇だ。ケリーは思わずのけぞり、駆け抜ける喜びに身をよじった。もう二人をとめるものはなにもなかった。

「お願い！」ケリーがネクタイをつかんで引き寄せると、アレコスが彼女を横たえて脚を持ちあげた。ショーツをわきにずらし、いっきに身を沈める。ケリーはアレコスの名を叫んだ。四年ぶりに感じる熱い脈動に、息をすることも動くこともできなかった。やがてアレコスがケリーの唇を求め、激しいリズムを刻んで、彼を憎んでいることも、愚かな衝動に走っていることも、なにもかも彼女に忘れさせた。

めくるめく快感の中、アレコスの携帯電話の振動音が響いたが、どちらも互いに夢中になるあまり中断することなど考えられなかった。アレコスは片手でケリーの頭を、もう一方の手で腰をしっかりと固定した。強く激しく巧みな動きに、ケリーは自分の体が崩れ落ちていくのを感じた。四年の空白のあとでは長く持ちこたえられるはずもなく、やがて最初の小波《さざなみ》がわき起こると、泣きながら何度もアレコスの名をつぶやいた。痛みと隣り合わせの甘美な喜び。アレコスの手に力がこもり、濃厚なキスが二人をさらなる高みへと導いた。

二人はキスをしながら、最後の瞬間を迎えた。次から次へと波が押し寄せ、まるで自ら紡いだ快楽の網にとらえられたかのように息をつくこともできなかった。ケリーがあえぎ、アレコスがうめいた。どちらも体を震わせながら、それでも重ねた唇を離そうとはしなかった。

胸と胸を合わせたまま、アレコスは大きく息を吸いこんだ。

ケリーはただじっと彼の重みを感じていた。かつての自分なら、こんなセックスは愛なしには生まれないと思っただろう。でも、今は世間知らずなティーンエイジャーではなかった。

徐々に頭の霧が晴れ、彼女ははたと思い出した。私はまだアレコスの指輪を首から下げている。パニックに襲われ、彼を押しのけてブラウスのボタンをとめた。

アレコスは気づいただろうか？

いや、二人とも無我夢中でなにも見えていなかった。たとえ指輪が顔に当たったとしても、気づいたとは思えない。

これ以上愚かなまねをしでかす前にアレコスを帰さなければ。「指輪を持ってくるわ」ケリーはかすれた声で告げ、振り向きもせずにドアへ急いだ。脚が震え、体は燃えるように熱かったが、たった今、二人の間になにが起きたかを考えてはいけないことはわかっていた。今はまだ。そう、一人になるまでは。

ケリーは二階の寝室に入り、チェーンをはずしててのひらに指輪をのせた。きらめくダイヤモンドを前にして涙がこみあげた。この四年間、いつも一緒だった。長く苦しい道のりをずっと見守ってくれた。これを返せば心が軽くなる。そうに決まっている。

実際はまるで違った。

物音が聞こえたので、ケリーは急いで涙をふいて階下に戻った。

玄関のドアが大きく開け放たれている。

「アレコス？」キッチンをのぞいたそのとき、力強いエンジン音が響いた。

ケリーは指輪を握ったまま、あわてて外へ駆け出し、走り去るフェラーリを呆然《ぼうぜん》と見つめた。

4

「はい、吸って、吐いて、吸って、吐いて……なんだか私、年じゅう同じことを言ってない？　あなたの人生って、どれだけドラマチックなのよ？　私なんて現金支払い機でカードをはじかれたってだけで一日大騒ぎなのに」食べかけのチョコレートアイスクリームとティッシュの箱を手にヴィヴィアンがケリーの隣に座った。「だいたいどうしてあなたが妊娠するの？　もう四年もセックスしてないじゃない。いくら象だってそんな悠長なことはしてないわ」

ケリーは声をしぼり出した。「それがしたの。三週間前に」

アイスクリームがスプーンごと絨毯《じゅうたん》に落ちた。

「セックスした？　三週間前に？　嘘《うそ》でしょう……だって相手は？　あなたにはつき合っている男なんかいないし、火遊びをするタイプでもない。それに、三週間前っていったら、アレコスが……」

ヴィヴィアンの笑みが消えるのを見て、ケリーはぎゅっと自分を抱き締めた。「そうなの」身が縮む思いだった。

「アレコス？」

「お願いだから、何度もその名前を口にしないで。彼がキスしたときは喜んで見ていたくせに」

「それとこれとは話が別よ！　私が知る限り、キスじゃ妊娠しないもの。じゃあ、本当にアレコスなの？　あなたが憎んでいた男、人生を狂わされた男でしょうに」ヴィヴィアンはティッシュをつかんで絨毯のアイスクリームをぬぐった。「ああ、もうぐちゃぐちゃ」

「わかってる」

「絨毯の話よ。まあ、あなたの人生も決してほめられたものじゃないけど」ヴィヴィアンはチョコレートまみれの指をなめた。「それで彼は指輪も受け取らずに帰ったってわけ？」

「たぶんね。でも、わからない。なにも聞いていないんだもの。気づいたときには、もう影も形もなかったわ。お決まりのパターンよ」ケリーは立ちあがり、ヴィヴィアンのフラットの小さなリビングルームを行ったり来たりした。

「ケル、あなたのことは友達だと思っているし、トラウマで苦しんでいるのもわかるけど、アイスクリームを踏んだ足でうろうろ歩きまわるのだけは勘弁してちょうだい。部屋じゅうチョコレートの足形だらけじゃ、家主にどなられるわ」

「ごめんなさい」ケリーは足をとめ、凍える体をさすった。つわりなのか、パニックなのか、さっきからひどい吐き気がする。「掃除を手伝うから」

「いいのよ。朝になったら、洗剤でもまいておくわ」大きな布でしみを隠すと、ヴィヴィアンは再びソファに腰を落ち着けてアイスクリームに手を伸ばした。「つまり、あなたはこの四年間、ずっと口もきかなかった相手と、ある日突然、熱烈なセックスをした。意外な一面もあったものね。まさかあなたが――」

「セックスに飢えている？　きっとあんまり長いこと男の人を遠ざけすぎたせいだわ。ああ、ヴィヴィ、私ったら、いったいなにを考えていたの？　彼は私を捨てたのに、そのお返しがセックスだなんて。完全にどうかしているわ。私、病気かしら？」

「とりあえず違うってことにしておくわ。でないと絨毯が泣いちゃうもの。それで、何年なの？」

「何年って？」

「男を遠ざけすぎたって言ったでしょう。最後にセックスしたのはいつ？」

「さあ、四年くらい前かしら。例のことがあって……アレコスを忘れるためのリハビリの一環だったの」

「効果は今一つだったみたいね」

ケリーは大きなため息をついた。「自分でもどうしようもないくらい、だれかに惹《ひ》かれてしまうことってない？　いけないとわかっていても、傷つくのは自分だとわかっていても、とてつもなく大きな力に吸い寄せられてしまうの」

「私はないけど、義理の姉がアルコール依存症で、やっぱり同じようなことを言ってたわ。もっとも、姉の相手はウオツカだけど」

「そう聞いてもあまりうれしくないわ。もし四年間、お酒を断っても、お義姉《ねえ》さんはやっぱり誘惑を感じるかしら？」

「それはそうよ。誘惑は一生消えないわ。問題は、いかにウオツカから遠ざかるか、だって」

「そのウオツカが私を家まで送って、部屋に上がりこんだのよ」

ヴィヴィアンが目をぱちくりさせた。「なんだかややこしくなってきたわね。だけど、ウオツカっていうのはいいアイデアかも。たしか、どこかに買ってあったわ」

「私は妊娠中よ。お酒なんて飲めないわ」

「でも、私は飲める。あなたの分まで飲んであげるから、その間にこれからどうするか考えなさい」

数秒後、ボトルを手に戻ったヴィヴィアンの顔は真っ青だった。

「前言撤回、やっぱり考えなくていいわ。もうあなたに決定権はないみたいだから。外に大きなリムジンがとまっているの。私の友達じゃないことは確かね」

「なんですって？」

「アレコスよ。彼以外、考えられない」

「まさか！」ケリーは飛びあがった。「そんなはずないわ。だいたいどうして彼がここに来るの？　私の妊娠だってまだ知らないのよ」

「でも、ほら、受精の瞬間にはばっちり立ち合っているわけでしょう。ずば抜けた頭脳を誇る彼なら、そのくらい計算に入っていてもおかしくないと思うけど」

「嘘よ！　ぜったいに嘘！」

「まあ、男って案外鈍いから、ただ指輪を取りに来ただけかもしれない」ヴィヴィアンがケリーの肩をたたいた。「だとしたら、指輪どころじゃない高い買い物をするはめになるわね。おむつに子供服、iＰｏｄだって今どきの子供には必需品だし、大学の学費もばかにならない。それに――」

「ああ、もう黙っていて、ヴィヴィ！　ぜったいにドアを開けちゃだめよ。中へ入れたりしたら承知しないから。まだなにも決めていないの。じっくり考えこんだのよ」私えなくちゃ」

「ばか言わないで！　じっくり考えたところで年を取るだけよ」ヴィヴィアンが玄関へ走った。「でも、安心して。〝いらっしゃい、パパ〟とか〝おむつは持ってきた？〟とか、ぜったいによけいな口はきかないから」

ケリーはがっくりとソファに腰を下ろし、頭をかかえた。どうしよう？　アレコスに妊娠を告げる？　もちろん告げなければ。子供から父親を知る権利を奪うわけにはいかない。

世の中には一緒に暮らしていなくても、仲のよさそうなカップルもいる。私たちだってそんなふうになれるかもしれない。でもそれでは、宛先《あてさき》不明の小包のように子供を行ったり来たりさせることになる。

ああ、どうしてこんなことになってしまったのだろう？　指輪さえ売りに出さなければ、彼が訪ねてくることもなかった。セックスをすることも、妊娠することも。

妊娠……。考えただけで体が震える。とにかく今は時間が欲しい。

ドアが勢いよく開いた。「安心して。彼じゃないわ。彼の遣いの者よ」ヴィヴィアンがスーツケースを引きずって中へ入り、封筒を差し出した。「はい。なんならチップをくれてもかまわないわよ。切りのいい百万単位でお願いね」

「なに、この手紙？　どこからスーツケースを持ってきたの？」封筒を開けたとたん、アレコスの力強い筆跡が目に飛びこんできて、ケリーは息をのんだ。

「なんて書いてあるの？」ヴィヴィアンが手紙をひったくった。「〝空港に自家用機を待たせてある。ジャニスが車で案内する。ケルキラ島で会おう〟ケル！　私、今にもあなたの目を突いちゃいそう。四百万ドルの指輪にフェラーリにリムジン、おまけに自家用機だなんて。これで嫉妬《しっと》に狂わない女がいる？」

ケリーはがちがちと歯を鳴らした。「彼は結婚式の当日に私を捨てたのよ」

「それはそうだけど。だって、自家用機なのよ。いくら脚を伸ばしてもいいのよ。前の人にいきなり座席を倒されて、顔をぶつける心配だってないわ。ねえ、豊胸手術ってすぐにできないのかしら？　そうしたら、私が代わりに行くのに」

「そんなに行きたいなら行ってくればいいわ。どうせ私は行かないもの」ケリーはスーツケースに目をやった。「それは？」

「ジャニスがあなたにって」

「ジャニス？　もうファーストネームで呼び合っているの？　ずいぶん友好的だこと」ケリーはスーツケースを開けた。

「すごい。ドレスじゃないの。薄紙に包んである」

ヴィヴィアンの声がかすれた。「彼って、なにからなにまで全部買ってくれちゃうわけ？」

「さえない格好で来られたら迷惑だからでしょう」

ケリーはこわばった口調で言い、薄紙をはがしてドレスを取り出した。「まあ！　これ……」

「すてき。それってシルク？」

ケリーは思わず柔らかな生地に指をすべらせ、それからスーツケースの中に戻した。「知らないわ。ジャニスに返してきて」

「返す？　だって、アレコスはあなたをケルキラ島に招待しているのよ。行かないでどうするの？」

「どうせ指輪が欲しいだけよ。私はただの運び屋で、これはそのお駄賃」

ヴィヴィアンはなおもスーツケースの中を物色している。「お駄賃にしては上等よね。この靴なんてクリスチャン・ルブタンよ。いくらするか知ってるの？」

ケリーはそのヒールの高さに目をまるくした。

「さあ。でも、もし足をくじいたら、治療代がばかにならないってことは知っているわ。そんなのをはいて歩いたら、どこでどうころんで高価な物を壊してしまうかもしれないし。ヴィヴィアン、私、やっぱり行かない」

ヴィヴィアンが腕組みをしてケリーをにらんだ。

「彼の恋人を気にしているなら、もうとっくに別れたのよ。言ったでしょう。どの新聞にもそう書いてあったし。これでようやく理由がわかったわ。彼はあなたとセックスして、あなたしかいないって気づいたのよ」

「それがロマンチックに聞こえると思う？」ケリーは言い返したが、マリアンナとの破局が報じられて以来、心が浮きたっているのは事実だった。まるで、心細い暗闇《くらやみ》の中でポケットの懐中電灯に気づいたように。

「いい？　あなたは妊娠しているの。彼の子を身ごもっているのよ。当然、彼にだって知る権利はあるでしょう」

とたんにケリーの手が汗ばんだ。「もちろん彼にはちゃんと話すわ」

「だったら、いい機会じゃないの。話すだけ話して、あとは四百万ドルで、ぱあっとギリシアの休日を楽しめばいいのよ」

ケリーはスーツケースを見つめ、ごくりと唾《つば》をのんだ。「ケルキラ島に戻る自信がないの」すべてはあの島で始まった。あの島で恋に落ち、あの島で心を打ち砕かれたのだ。

「それは、人生、楽じゃないわよ」ヴィヴィアンが冷めた口調で言った。「だけど、四百万ドルがあれば、たいていのことは乗り切れるし、少なくともあなたはクリスチャン・ルブタンをはいて世界と対峙《たいじ》できる」

「ギプスをしたら、どうせはけないわ」

「手を取ってもらえばいいでしょう。そのために男がいるんだから」

「私には男なんていないもの」

ヴィヴィアンがため息をついた。「いいえ、いるわ。あなたが迷っているだけでね。考えてもごらんなさい。学校は明日から夏休みよ。ここで一人うじうじしているくらいなら、大金を手にギリシアで怒り狂っているほうがずっとましでしょう。いってらっしゃい、ケル。ドレスを着てハイヒールをはいて、まっすぐ彼のもとへ」

やっぱり来るんじゃなかったわ……。

ケリーは運転手のうしろで身をこわばらせ、まっすぐ前だけを見つめていた。車はにぎやかなケルキラの町を抜け、島の中央にそびえる山々を越えて、曲がりくねった細い田舎道をひた走っている。両側には見渡す限り広がるオリーブ畑。カーブを曲がるたびに、輝くターコイズブルーの海と黄色の砂浜が目に入ったが、今のケリーに景色を楽しむ余裕はなかった。

この島を初めて訪れたとき、またたく間に恋に落ちた。地中海の島独特のにおいと音、いかにもギリシアらしい鮮やかな色彩、そして、彼に恋をした。

こんな理由で戻ってくるのでなければ、きっと楽しめたはずなのに。アレコスと顔を合わせると思うと、不安で喉がつまり、頭の中がパニックに陥る。キッチンでの情事以来、アレコスには一度も会っていない。どうしてこんなところまでのこのこやってきてしまったのか、自分でもわからない。

ケリーは乾いた唇を舌で湿らせ、窓の外を見つめた。アレコスはなぜわざわざ私に指輪を持ってこさせたのだろう?

まるでジェットコースターのように心は急上昇と急降下を繰り返した。ふいに楽天的な気持ちになり、世界が開けたかと思えば、次の瞬間にはおぞましい記憶が頭をもたげ、失意のどん底へ突き落とされる。

彼の言葉がいまだに頭の中をぐるぐるまわっていた。良心があるからこそ結婚をやめたというのは、いったいどういう意味だったのだろう？

ひょっとして私が若すぎたから？　十九歳での結婚は確かに早い。まだ世の中を見ていないと思ったのか、まだ自分で自分の気持ちがわかっていないと思ったのか。

ただ一つ確かなのは、私にはアレコスの気持ちがわからないということ。そして、それを確かめなければならないということ。私と私の赤ちゃんに、これからどんな未来が待ち受けているのか。

ケリーはおなかにそっと手を当て、心に誓った。たとえなにがあろうと、母の二の舞は演じない。未来のない関係にしがみつくことだけはぜったいにしない。

これはもう私だけの問題ではないのだから。

一緒になるべきでなかった夫婦を両親に持つ子供の気持ちは、だれよりもよく知っている。

荘厳な錬鉄製の門をくぐると、いよいよ気が重くなった。豪華な自家用機での旅もケリーの不安をやわらげてはくれなかった。アレコスがどんなつもりでいるにせよ、妊娠の知らせを予期していないことだけは確かだ。

期待と恐怖が入りまじり、胃が引っくり返りそうだった。

大丈夫、きっと喜んでくれる。ケリーは自分に言い聞かせた。なんといっても彼はギリシア人だもの。ギリシア人がみんな大家族で子供好きだということくらい、だれだって知っている。イギリスのレストランに子供を連れていけば、それこそ害虫扱いだけれど、ギリシア人の店なら喜んで迎えてくれる。子供がはしゃいで駆けまわっても、にこにこと見守ってくれる。ギリシアの人々にとって家族は生活の中心なのだ。

それこそ私の理想にぴったりじゃない？　大家族というその響きにどれだけ憧《あこが》れたことか。

アレコスそっくりの子供たちが大きな樅《もみ》の木の下でクリスマスプレゼントを開けるようすが頭に浮かんだ。にぎやかで騒がしくて、まるで小学校の教室のよう。だから、教師の仕事が好きなのだ。子供たちがたくさん集まったときの、わいわいがやがやしたあの雰囲気が。

アレコスだってきっと……。

ケリーは顔をしかめた。確かに教室での彼の態度は会議中の重役も同然だったけれど、それはまだ慣れていないだけ。会社経営と子育ては違うと教えてあげればいい。ギリシア人であることに違いはないのだから、彼の中にもきっと家族思いのＤＮＡが組みこまれているはず。

そうよ、可能性がないわけじゃない。

せめて試してみなければ。

試しもせずにあきらめたなんて、子供の目を見て言えるわけがない。

リムジンが広大な中庭の噴水の前でとまった。初めてこのアレコスの別荘を訪れたとき、あまりの広さと豪華さに言葉を失った。ごく平凡な小さな家に生まれ育ったケリーにとって、その規模は感動を通り越して威圧的だった。

それは今も変わらない。

ちり一つない完璧《かんぺき》な屋敷にバッグの中身をぶちまけてしまいそうで、ケリーはこわごわと車を降りた。

「ミスター・ザゴラキスはただ今、電話会議中ですが、すぐに終えられてテラスにいらっしゃるとのことです」

ジャニスに促されてケリーは屋敷に入り、おずおずとあたりを見まわした。四年前と少しも変わっていない。

磨きこまれた大理石の床に慎重に足を踏み出しながら、クリスチャン・ルブタンをはいてこなくてよかったと心から思った。手すりでもつけてもらわないことには、それこそピンヒールで命を落としかねない。上流階級の女性たちはきっと、小さいころからピンヒールでスケートをする練習でもしているんだわ。

貴重な骨董品《こっとう》に触れないよう、両手をぴたりと体のわきに押しつけた。計算し尽くされた完璧な配置。むだなものなど一つもなかった。読みかけの雑誌もなければ、未開封の手紙もない。ピザ店のちらしも、飲みかけのマグカップもない。

まるで美術館ね。ジャニスの案内でアーチをくぐり、テラスに出ると、ようやくほっとした。何度見ても息をのむ眺めだ。

庭には鮮やかなピンクの夾竹桃《きょうちくとう》とブーゲンビリアが咲き誇り、ゆるやかな斜面の先に美しい砂浜が広がっている。

まばゆい真昼の太陽に、ケリーは目をしばたたいた。きらきらと輝く海。悠々と進むヨット。つい昨日、リトル・モルティングの小さなベッドで目覚めたのが嘘のようだ。

涙がこみあげた。

かつてこの場所で夢を描いた。この砂浜でこの波の音を聞きながら。

「快適なフライトだったかい?」

深みのあるハスキーな声に、ケリーは思わずびくりとした。キッチンでの出来事が脳裏によみがえり、いやおうなしに体が反応する。ケリーは舌がもつれ、無言のままうしろを振り返った。

たちまち空気が熱をおびた。どちらかが手を伸ばせば、一瞬で燃えあがってしまいそうだ。ぎらつくアレコスの瞳がすべてを物語っている。ふくれあがる欲望で体が重く感じられた。

お願い、だれか来て。欲望の渦にのみこまれてしまう前に。ケリーは心の中で叫んだ。

おぼれたくない。体で感じるのではなく、頭で考えたい。私はもうあのころとは違う。私のおとぎ話にはハッピーエンドはなかったのだ。

「ええ、おかげさまで。生まれて初めて自家用機《プライベート》に乗ったわ。なんというか……まさにプライベートね」ああ、どうしてもっと気のきいたことが言えないの？　しかし、焦れば焦るほど動悸《どうき》が激しくなり、喉がつかえた。「正直言って、ちょっと変な感じがしたけど」

アレコスが眉を上げた。「変？」

ケリーは肩をすくめた。「寂しいというか。お迎えの女性もあまりおしゃべりな人じゃなかったし」

アレコスの唇の端に笑みが浮かんだ。女を狂わせるセクシーな唇だ。「彼女の仕事はむだ口をきくことじゃない。君に必要なものをそろえることだ」

「私には話し相手が必要だったの」

アレコスが息をついた。「わかった。伝えさせるよ。今度からもっと、その……おしゃべりになるように」

「いやだ、やめて。なにも彼女を困らせたくて言ったんじゃないの。ただ、思ったほど楽しくなかったっていうだけ。一緒にはしゃぐ相手がいなくちゃ、飛行機を独り占めにする意味なんてないでしょう？」

ハンサムな顔にとまどいの色が浮かんだ。「自家用機を使う意味は十分なスペースとプライバシーを確保することだ。なんでも自分の好きなことができる」

「でも、それを一緒にする相手はいないわ」ケリーはそう言ってから、それではあまりに感謝が足りないと、あわてて言い添えた。「もちろん、税関に並ばなくていいのはすてきだし、ソファに横になれるのも最高だけど」

「ソファに横になったのか？」

「いいえ。ドレスをしわくちゃにしたくなかったから」ケリーはうっとりした顔でなめらかな生地に指をすべらせた。「洗濯籠《かご》からたった今取り出したみたいな格好になったら、がっかりでしょう。そうだ、お礼を言わなくちゃ。私に着ていく服がないって、どうして知っていたの？」

「知らないさ。単なる勘だ」

ケリーは笑った。「ご名答よ。クローゼットの中は服でいっぱいだけど、どれも着られなくなったものばかり。いつか痩《や》せてサイズゼロになる日のために、全部捨てずに取ってあるの」

アレコスの視線がケリーの体の線をなぞり、胸の上でとどまった。「僕は痩せてほしくないな」

とたんに肌がほてって胸の先がドレスの生地を押しあげた。今、下を向けば、彼の視線を誘導してしまう。ケリーはごそごそとバッグを開けて指輪を取り出した。「はい、あなたの指輪。宅配サービスにしてはずいぶんお金がかかったわね」目の前に突き出しても、それでも手を出そうとしないアレコスに向かって顔をしかめた。「どうしたの？　ほら、早く」

「それは君に贈ったものだ」

「違うわ。確かに一度はもらったけど、それは結婚の約束としてだし、あなたは私から買い戻したのよ。それも四百万ドルで。言っておくけど、私がお金より指輪のほうがいいって言うのを待っているならむだよ。もうだいぶ使っちゃったもの。学校の運動場を新しくしようと思って。今さら返せないんだから、受け取ってもらわなくちゃ困るわ。もっと立派な人なら指輪もお金も両方返すんでしょうけど、私はやっぱり聖人にはなれないみたい。思わぬ大金に目がくらんじゃった」

彼がまじまじとケリーを見つめた。「せっかく手にした四百万ドルを、君は学校の運動場のために使ったのか？　世の女性たちがどうして玉の輿《こし》をねらうのか、少しは勉強したほうがいい、いとしい人《アガペ・ムー》」

いけないとわかっていながら、その甘い呼び名にケリーは心をときめかせた。それとも、彼の声がそうさせるのだろうか。低くセクシーでチョコレートのようになめらかな声。こんなにも彼に惹かれていなければ、すべてはもっと単純だった。よりにもよって、なにより欲しくてたまらないものをはねつけなければならないなんて。

アレコスに触れたくて指がうずき、ケリーは両手をうしろで組んだ。「もちろん、全部使い切ったわけじゃないわ。運動場を金張りにしたところで意味がないもの。ただ、ものすごくすてきなジャングルジムを見つけたものだから。大きくて、まるでツリーハウスみたいになっていて……」ケリーは必死に沈黙を埋めた。「とにかく、ひと目で気に入っちゃったの。それから、夏休みの間に特別な舗装を運動場にほどこして、子供たちがころんでも怪我《けが》をしないようにしてもらうし……」声がかすれ、ぎこちなく肩をすくめた。「みんなには内緒よ。匿名の寄付っていうことにしてあるんだから」

「君からだってことをだれも知らないのか？」

「ええ」職員会議のようすを思い出し、ケリーは思わずほほえんだ。「みんな首をかしげていたわ。だれかのためにお金を使うってすてきね。心がほんわか温かくなる感じ。あなたはいつもこんな思いをしているんでしょうけど」

「僕は個人では寄付しない。慈善事業はザゴラキスス財団にまかせてある」

「つまり、あなたのお金を配るための会社があるってこと？」

「ああ、そのために設立した。会社の収益の一部を財団におさめ、財団が寄せられた申請書の中から支援先を決める。僕の意見に基づいてね」

「じゃあ、支援している人たちに実際に会うことはないの？」

「ないこともないが、ごくまれだ」

「でも、だれかの役に立っていると思ったら、やっぱり心がほんわかするでしょう？」

「正直なところ、その〝ほんわか〟が僕にはあまりぴんとこない」

「そんな……。だって、あなたはたくさんの人を助けているのよ。いい気分になって当然だし、そうじゃなくちゃだめよ」アレコスの意外な一面がケリーを困惑させた。もっと言えば、彼の存在そのものがケリーを困惑させた。過去の経験はアレコスに気を許すなと言い、本能は彼の胸に飛びこめと言う。きっと距離が近すぎるせいだ。懐かしい彼の香りがする。ケリーは再び指輪を前へ突き出した。「さあ、受け取って。こんな高価なもの、怖くて持っていられないわ。値段を知らなかったからよかったようなものの、もし知っていたら、一歩も外へ出られなかったでしょうね」

「君の指にはめてくれ」

ケリーははっとしてアレコスを見つめた。一瞬、周囲の世界が消えた。それは……？　脳が答えを導き出す前に、胸が勝手に躍りはじめた。まさか、これがプロポーズだなんて……。

「今、なんて言ったの？」

「その指輪は君につけていてほしい」アレコスが指輪を受け取り、ケリーの右手の薬指にはめた。

右手……。

落胆すると同時にむしょうに腹が立った。私はいったいなにを期待していたの？　たとえ彼がプロポーズしたとしても、断るのが当然でしょう。あれだけのことをされておいて、なにもきかずにただ黙って彼の腕の中へ戻るつもり？

「似合っている」アレコスがかすれ声で言った。

左手ならもっと似合うと言いたいところをケリーはぐっとこらえた。

夏の日差しにダイヤモンドがきらめき、四年前と同じように目の前がくらくらした。いいえ、指輪と結婚は別よ。体につられて頭までおかしくなる前に急いで指輪をはずした。「言ったでしょう、お金はもう使ってしまったの。私は指輪なんて欲しくない。なにがどうなっているのか、どうして私がここにいるのか、さっぱりわからないわ」つまりはそういうことなのだ。わけもわからないまま、彼に呼ばれて喜んで駆けつけてしまった。

「君と会って話がしたかった。伝えなければならないことがあるんだ」

ケリーはおなかの子のことを思った。それこそ彼に伝えなければ。「そう」指輪を握ると、ダイヤモンドがてのひらにくいこんだ。「実は私もいくつか、いえ、一つだけど、話があるの。別に……」とたんに彼の反応が怖くなった。なんて言えばいいの？単刀直入に告げようか、それとも家族の話から始めようか。「とても大切な話だけど、急ぐことではないわ。あなたからどうぞ」もう少し時間が欲しい。勇気をかき集める時間、幼い日の記憶を封印する時間が。

「せめて今だけでも指輪をはめてくれないか。なにか飲みながら話そう。君は暑そうな顔をしている」アレコスはプールサイドのテーブルへ向かった。「レモネードでいいかい？」

「ええ、ありがとう」ケリーはひとまず右手の薬指に指輪を戻した。これについては、またあとで話し合えばいい。「そういえば、恋人と別れたんですって？ご同情申しあげるわ」

「いいや、君は同情なんかしていない」レモネードをつぐアレコスの口元に笑みが浮かんだ。

「そうね、ただ人として同情しなくちゃと思うだけ。でも、彼女には本当に同情するわ。あなたに捨てられた女性たちはみんなお気の毒。気持ちはよくわかるもの。まるで階段のてっぺんから足を踏みはずして地面にたたきつけられたみたいでしょうね」

アレコスが顔をしかめ、グラスを差し出した。

「そんなにひどいかい？」

「まさに致命傷って感じ。ねえ、このつぶつぶを出したら、料理係の人が気を悪くするかしら？」

「つぶつぶ？」

「レモンの皮よ」ケリーはストローでレモンの皮の小片をわきによけた。「口に残る感じが苦手なの」

アレコスが大きく息をついた。「調理チームに君の好みを伝えておこう」

「チーム？　レモンの皮をむくのにいったい何人必要なの？」ケリーはひと口飲んでため息をついた。

「おいしい。いいわ、認めてあげる。確かになにもかもすてきよ。自家用機もドレスもしぼりたてのレモネードも。でも、それくらいで許してもらえると思わないで。私は今だってあなたのことを、ろくで……」舌がもつれた。「ぴーっだと思っているんだから」

「ぴーっだと思っている？　〝ぴーっ〟ってなんだい？」

「口に出したくない汚い言葉の代わりよ。ほら、テレビでののしり言葉の上に音をかぶせるでしょう。あれのまねをしたの」

「どののしり言葉だい？」

「アレコス、あなたは賢い人よね。自分の頭で考えて」

「君は一つもののしり言葉を知らないのか？」

「もちろん知っているわ。でも、言葉遣いには気をつけているの。子供たちの前でうっかり口にしないように、ふだんからなにがあっても人をののしることはしないわ」

「たしか、君にろくでなしと言われた気がするが」

「それはあなたが自分で言ったのよ。私はただ同意しただけ。おかげでだいぶすっきりしたけど」ケリーはほてった腕にグラスを押し当てた。「それより、どうして私に指輪を持ってこさせたの？　宅配便だってあるし、あなたの部下を送りこめばそれですんだはずよ。まさか、みんながみんなレモンをむいているわけじゃないでしょう」

「僕は指輪が欲しかったんじゃない。君が欲しかったんだ」

そのとたん、心臓がはねあがり、ケリーは震える手でグラスを置いた。「四年前は欲しくなかったくせに」

「欲しかったさ」

ケリーはアレコスを見あげた。彼の言葉にだまされてはいけない。「それにしては、ずいぶん変わった表現方法ね」

「僕が結婚を申しこんだのは君が初めてだ」

「でも、最後ではないわ」

「マリアンナにはプロポーズしていない」

「そのつもりだったはずよ」

「彼女の名前を口にするのはやめてくれないか。今は僕たち二人の話をしているんだ。どうして目の下に隈《くま》を作ったんだい？」

ほら、やっぱり話題を変えた。でも、彼女の名前を聞きたくないのは私も同じだ。「あなたのせいよ。あなたとやり合うのは疲れるの」

「だったら、やり合わなければいい」

頭の中では警鐘が鳴り響いているというのに、どうしてこんなにも胸がときめいてしまうのだろう？確かにアレコスはハンサムだ。たくましい肩も、シャツの襟元からのぞく胸毛も、すべてが女性を引きつけるようにできている。ケリーの体を欲望が貫いた。

種を残すための本能だと思いたかった。最も強くすぐれた雄に惹かれるべく遺伝子に組みこまれていると思えば、少しは救われる。アレコス・ザゴラキスはまさにその強くすぐれた雄そのものなのだから。

とはいえ、たとえ強力に引きつけられても、抵抗もせずに身をゆだねるつもりはない。

「私がおとなしく降参すると思ったら大間違いよ。あなたの言いなりにはならないわ」

「言いなりになってほしいとは思わない。ただ正直であってほしい」

「ずいぶん贅沢《ぜいたく》を言うのね。いったい、いつあなたが正直に胸の内を話してくれた？」

アレコスの頬がぴくりと引きつった。「確かに僕は自分をさらけ出すのが得意じゃない。君とは違う。君はなんでも思ったことをその場で口にする」

「それが私のやり方なの」

「だが、僕は自分の中で決着をつける。いつもそうしてきたし、とくにだれかに相談したいと思ったことは一度もない」

「だったら、私はもう帰ったほうがよさそうね」

「だめだ。どうしても君に話さなければならないことがある。四年前に話すべきだったんだ」

アレコスの口調からして、いい話でないことは明らかだ。いっそ彼をひっぱたきたくなる前に妊娠を告げてしまおうか。「それを聞いたら、私はあなたを嫌いになる？」

「もうとっくに嫌われていると思ったが」

「それもそうね。だったら、早くして」ケリーは平静を装った。まるでなにを言われても怖くないというように。でも、本当は怖い。なにしろアレコスに結婚を思いとどまらせたほどの大問題だ。彼の全身から緊張が伝わってくる。「早くして、アレコス。

私、お預けにされるどきどき感って好きじゃないの。よくテレビ番組で〝優勝は……〟って言ったきり、永遠に待たされるでしょう？　あれも大嫌い。〝ああ、じれったい〟って叫びたくなっちゃう」アレコスが狂人でも見るような目で見つめているのに気づき、ケリーは肩をすくめた。「私、なにかおかしなことを言ったかしら？」

アレコスはゆっくりと首を振った。「君はいつだって僕が予想もしなかったことを口にする」

「いいから、私がどうかなる前に早く本題に入って！　原因はなに？　私が相手じゃ恥ずかしかった？　おしゃべりが過ぎた？　だらしなかった？」ケリーは鼻の頭にしわを寄せた。私がなにをしたせいで、彼は逃げ出してしまったのだろう。「ひょっとして食べすぎだったとか？」

「僕は君の体が好きだ。歩くたびに物を落とす癖もたまらなくかわいいと思うし、感じたことを感じたままに口にできる君をいつもすごいと思っていた。君と一緒にいて恥ずかしいと思ったことは一度もない」

太陽が傾き、アレコスのつややかな黒髪を照らした。すぐそばでオレンジの実が鈍い音をたてて地面に落ちたが、ケリーは気づかなかった。紐《ひも》を解かれた子犬のように体じゅうをはねまわる希望を抑えつけるのに精いっぱいだ。「私が相手で恥ずかしいと思わなかったの？　一度も？」

「思わなかったさ。ただの一度も」アレコスの熱いまなざしがケリーの唇にそそがれた。「逆に僕のほうがいつも君を恥ずかしがらせていた気がするよ」

ケリーは赤くなった。「それはあなたが真っ昼間からベッドへ誘ったりするからよ」緊張をごまかすように言ってから、はたと口をつぐんだ。

アレコスが憔悴《しょうすい》しきったようすで額に手を当てて首を振っている。

「話さなければと思うんだが、とても言いづらいことなんだ」

「もう、お願いだから早く言って！　ストレスをためるのは体にもよくないのよ。血管がつまっちゃうんだから」手が汗ばみ、吐き気がこみあげた。まるで合格発表を待つ気分だ。やっぱり問題は私の年齢？　一過性の恋だと、アレコスは心配したのかもしれない。だとすれば、今度こそ先に進める。私はもう立派な大人だ。クラスの子供たちに言わせれば化石級だし、あのころほどうぶでもない。ふいにキッチンでの熱いひとときが脳裏によみがえった。そう、私はもううぶではない。

あとは、この気持ちに間違いはないとアレコスを安心させてあげればいい。彼は私にあやまり、私は彼を許す。想像力が再び暴走を始め、ハッピーエンドへと物語を紡ぎはじめた。

アレコスが大きく息を吸いこんだ。「結婚式の朝、ゴシップ誌で君のインタビュー記事を読んだんだ。理想の家庭について君は多くを語っていた。ページいっぱいに」

ケリーは夢見心地のまま当時の記憶をたどった。

「あのころはいくつもインタビューを受けたから。あなたがそれまで一度も結婚に興味を示さなかったせいで、私は一躍、時の人になったの」

アレコスもきっと妊娠を喜んでくれるだろう。〝そして、二人はいつまでも幸せに暮らしました〟そうだわ、リトル・モルティングに家を買ってもらおう。そうすれば、九月からも学校を続けられる。そして赤ちゃんが生まれたら、この島に戻ってきて、オリーブの木々に囲まれて子供を育てよう。

ケリーはにっこりしたが、アレコスは笑みを返してはくれなかった。

まるでギリシア彫刻のようにいかめしい顔をしている。「君は家族を持つのが小さいころからの夢だったと語っていた。子供は四人欲しいと」

「ええ」一人目はもうおなかにいると言ったら、彼はどんな顔をするかしら？「最低、四人は」

アレコスがギリシア語でなにかつぶやき、首のうしろに手を当てた。「あの記事を読んで気づいたんだ。僕たちは未来を見ていなかった。互いになにを求めているか、一度も話し合わずに結婚を決めてしまった。あの記事を読むまで、僕は君が求めているものを知らなかった。あのとき初めて僕たちの求めているものが違うと気づいたんだ」

「まあ、そうなの？」なおも幸せな夢想にひたりながら、ケリーはほほえんだ。「それならそうと、早く言ってくれればよかったのに。あなたがギリシア人だってことをうっかり忘れていたみたい。ギリシアでは大家族が当たり前ですものね。四人なんて少ないと思ったんでしょう？　でも、心配しないで。私は何人でも平気。なにしろ学校では三十人を相手にしているんだから！　あなたは何人欲しいの？」

アレコスが目をつぶり、眉間《みけん》を押さえた。「ケリー……」

「大丈夫。私、子供は大好きよ。家事さえ協力してくれれば、あなたにおむつを替えろなんて言わないし」

「ケリー」アレコスがケリーの両肩をつかんだ。「僕は大家族なんか欲しくない」ひと呼吸置き、その重大な事実をケリーが理解するのを待った。「そもそも家族なんか欲しくないんだ」

「でも――」

「つまり、僕は子供を望んでいない。昔も今も」

5

「早くどうにかしてくれ！」アレコスはうなり声をあげて町医者をにらんだ。医者は七十歳近い老齢で、ゆっくりかとまるか、動きは二つに一つしかないらしい。アテネから一流の医師を呼び寄せるのにどれだけ時間がかかるか思案しながら、ポケットの中の携帯電話をいじった。「彼女は頭を強く打ったんだ！」

「その場で意識を失ったのかね？」

アレコスは記憶を巻き戻し、ケリーの頭が勢いよく床にぶつかった忌まわしい瞬間を思い出した。

「いや、違う。興奮して何度か僕のことを〝ぴーっ〟だと——」

「ぴーっ？」

「こっちの話だ。とにかく意識はあった。寝室のベッドに寝かせてからは目を覚ましていない」

医者はアレコスをちらりと見てケリーの額の痣《あざ》にそっと触れた。「どうしてころんだのかね？」

「タイルの床の上を走って足をすべらせたんだ」

「なぜ走った？」

罪悪感が胸を締めつけた。「ちょっとしたトラブルがあって」アレコスはぎりぎりと歯ぎしりした。どうしてこんな年寄りを相手に弁解をしなくてはならないのか。「僕が彼女を怒らせたんだ」

医者は驚くふうもなく、鞄《かばん》から薬を取り出した。「変わらんな。あの日も私はケリーの診察に呼ばれた。取りやめになった彼女の結婚式の日だ」

なるほど、動きは鈍くとも記憶は確かというわけか。「ケリーに診察が必要だったのか？」

「ひどいショック状態だった。マスコミが寄ってたかって」

かって彼女をくいものにした」

アレコスは鈍器で殴られたような衝撃を覚えた。

「あんな連中は無視していればよかったんだ」

「どうやって？　おまえさんは身長百九十センチの大男で威圧感もあるが、ケリーはおそらく生まれてこのかた一度も人を邪険にしたことがないだろう。パニックのさなかにあっても、私への気遣いも忘れなかった。ケリーをマスコミにさらすのは鮫《さめ》の群れに生肉をほうりこむようなものだ」

生々しいたとえにアレコスは顔をゆがめた。まるで油の鍋《なべ》に入れられ、じわじわと熱せられているかのようだ。「確かに、もっとうまいやり方があったのかもしれない」

「やり方もなにも、おまえさんはいっさいを投げ出した。まあ、驚きはせんが。そもそも彼女に結婚を申しこんだこと自体が、私には驚きだった」医者がしわだらけの手で鞄を閉じた。「今でもよく覚えている。小さいころ、おまえさんはお祖母《ばあ》さんを訪ねて何度もこの島へ来ていたろう。あれはおまえさんが六歳の夏だ。一カ月もの間、ひと言も口をきけずにいた。ひどい心の傷に苦しんでいた」

ふいに冷たい氷水を背中に浴びせられたような気がして、アレコスはさっとうしろに下がった。「もうけっこうだ。ご足労をかけた」

冷たく言い放つアレコスに、医者はいたわりのまなざしを向けた。「ときに周囲の環境が人間の心に深い傷を作る。そんなときは自分の中にある恐怖と冷静に向き合ってみることだ」

「この僕が冷静でないとでも？」

「おまえさんは両親の不仲の痛ましい被害者だ」

アレコスは大股に寝室を横切り、勢いよくドアを開けた。「助言はありがたいが、僕が知りたいのはいつになったらケリーが意識を取り戻すかだ」

「意識ならちゃんとある」医者が静かに言い、鞄を手にドアへと歩きだした。「ただ目をつぶっているだけだ。おそらくおまえさんと口をききたくないんだろう。まあ、私は責める気にはなれんがね」

「目を開けるんだ、ケリー」

ケリーはアレコスの命令口調を無視して目をつぶりつづけた。

せめて考えがまとまるまで、この安全な闇《やみ》の中にいたい。

アレコスは子供を望んでいない！　私の父とまるで同じだ。いいえ、もっとひどい。どうして今まで気づかなかったのだろう？　私はどれだけ能天気なの？

「僕を見ないからって、僕の存在が消えるわけじゃない」アレコスの声にいらだちがにじんだ。いらだち……自責の念だろうか？「こっちを向いてくれ。話をしよう」

今さらなにを話せというの？

アレコスは子供を望んでいない。私はその彼の子を妊娠している。どう考えても、口を開く前から話は終わっている。

たった一人で、この子を育てていかなければ。

ケリーはぎゅっと目をつぶった。魔法が使えるものなら、今すぐリトル・モルティングの家に戻って閉じこもってしまいたい。

アレコスがギリシア語でなにかつぶやき、次の瞬間、ケリーの体を仰向けにして唇を重ねた。ケリーはショックのあまり身動きもできなかった。やがて彼の舌先が上唇と下唇の間をなぞると、そのやさしいキスに吐息がもれた。

ケリーは目を開けた。「やめて、この恥知らず……」アレコスのたくましい胸に拳《こぶし》を打ちつける。「あなたなんて大嫌い。あなたの家のつるつるの床も大嫌い。心も体も全部痛いわ」

アレコスがケリーの拳をつかんで枕《まくら》に押さえつけた。「君は非暴力主義者じゃなかったのか？」

「あなたに会うまではね」

アレコスはなにか言う代わりに顔を近づけ、ケリーの唇の端に長いキスをした。「かわいそうに。ころんで痛かっただろう」

ケリーは顔をそむけようとしたが、アレコスの手がそれを阻んだ。「あなたに傷つけられた心のほうがずっと痛いわ。やめて。キスしないで。よくもこんなややこしいときに……どいてったら！」

体をよじると、アレコスが上におおいかぶさった。

「じっとしていたほうがいい。僕のためにも君のためにも」

ケリーはアレコスをにらんだが、彼の強烈な視線に負けそうだった。

「あなたは卑怯《ひきょう》だわ」

「僕は勝つゲームしかしない」

「だとしても、私はゲームから抜けたの。もうおしまい。降参よ」

もがくケリーの腰をアレコスが押さえた。

「動かないでくれ。ケリー、君を怒らせてしまったことはわかる。だが、君は僕に正直に言ってほしいと言った。僕がなにを考えているか知りたいと言ったじゃないか」

「まさか、あんなことだなんて、どうして想像できるの？　あなたはギリシア人よ！　子供が百人欲しくて当たり前なのよ！」

とたんにアレコスの表情がこわばった。「僕は違うんだ」

「でしょうね」ケリーはぎゅっと目をつぶった。想定外の展開に、なにをどうしていいかわからなかった。とにかく今は時間が欲しい。なにがあろうと、今回だけはいつものようにうっかり口をすべらせるわけにはいかない。よく考えて、計画を練って、それから慎重に行動に移さなくては。

　自分の中で結論を出して、それから彼に話そう。決して順序を間違えてはいけない。

　アレコスがケリーの額の痣をそっと撫《な》でた。「医者が置いていった薬をのまないと」

　ケリーは痛みに顔をしかめた。「のめないわ」

「どうして？」

「のめないと言ったらのめないの。理由はきかないで」

「痛みが取れるんだ。ただのみこむだけじゃないか。それのどこがむずかしい？」

「のみたくないからよ」

「どうして？」

「理由はきかないでって言ってるでしょう！」

「いいからのむんだ、ケリー」

「いやよ、おなかの子にさわるかもしれないもの！」まるでダムが決壊するように言葉が口をついて出て、自分にもアレコスにもむしょうに腹が立った。「言いたくなかったのに。まだ心の準備ができていないのよ。どうして無理にしゃべらせようとするの？　もっと強情っぱりになるレッスンでも受けたほうがよさそうね」

　アレコスはまるで至近距離から頭を撃ち抜かれたような顔をしていた。「おなかの子？」

「ええ、そうよ。私は妊娠しているの。あなたの子……あなたが望まないっていう子供がおなかにいるのよ。これでわかったでしょう。私たちはちょっとした泥沼に足を突っこんでいるってわけ」

　アレコスは顔面蒼白《そうはく》な状態で、がたがたと震えながらフェラーリに乗りこんだ。エンジンを吹かし、アクセルをいっぱいに踏みこむ。

　子供？

　ケリーの言葉が耳にこだました。いくつものイメージが頭の中で入り乱れる。子供、幸せ、守る、責任、涙、泣き声……。

額にじっとりと汗がにじんだ。アレコスは悪態をつき、レーシングドライバー並みの猛スピードでヘアピンカーブを曲がっていった。

クラクションの音で、ようやく我に返る。

アレコスはブレーキを踏み、丘の上で車をとめた。見渡す限りオリーブ畑が広がっている。

あのどこかにケリーがいる。今ごろきっと、荷造りをしているに違いない。

身も世もなく泣きじゃくりながら。

アレコスはたまらずに顔をそむけた。

子供。ずっと避けつづけてきた道。

それなのに……。

どうしてあんな軽はずみな行動をとってしまったのか?

答えはわかりきっている。ケリーをひと目見た瞬間、理性が吹き飛んだのだ。自分を律して生きてきた僕が、ケリーの前でだけは歯止めがきかなくなる。

だが、ケリーほど僕にふさわしくない女性はいない。彼女は子供が四人欲しいのだ。

とたんに汗が噴き出した。まずは一人だ。そこから始めなければ。

一つの命、一つの人生、一つの未来。それがすべてこの手にゆだねられる。

アレコスは額に拳を当てた。これまで心の底からなにかを怖いと思ったことは一度もない。今、生まれて初めて恐怖を知った。

子供を失望させるのではないかという恐怖。

ケリーを失望させるのではないかという恐怖。

ここで道を誤れば、苦しむのは子供だ。そして、その気持ちは僕がだれよりもよく知っている。

「ケリー、なにをしている？　ベッドで休んでいないとだめじゃないか」

アレコスのどなり声が聞こえ、ケリーはあわてて涙をぬぐった。よかった、生きていてくれた。やけになって車ごと崖《がけ》から飛び出したりしていなかった。

これで安心して怒りに集中できる。

ケリーは荷造りの手をとめ、スーツケースから顔を上げてうしろを振り返った。

アレコスは寝室のドア口に立っていた。まるでたった今、命からがら事故車から脱出してきたかのようなひどいありさまだ。

ケリーはすばやく彼の全身に視線を走らせた。ひょっとすると、本当に車に乗ったまま崖から飛びおりたのかもしれない。

妊娠を告げたとたん、アレコスはベッドから体を起こし、オリンピック選手顔負けの瞬発力を見せて一目散に外へ逃げ出したのだ。

その彼が今こうしてここに戻ってきてくれた。つややかな黒髪はいつになくくしゃくしゃで、シャツはしわだらけだったが、それがかえってアレコスの男らしさを感じさせた。ケリーは肋骨《ろっこつ》が砕けそうなほど激しく心臓が打つのを感じた。

自制のきいた力強い姿もさることながら、打ちひしがれた無防備な姿はますます魅力的だ。

ともすれば、やさしく慰めてしまいそうで、ケリーはぐっと自分を抑えた。ただでさえ面倒なこの状況をますます複雑にするわけにはいかない。

いっそアレコスが戻ってこないほうが都合がよかったはずなのに、こんな気持ちになるなんてどうかしている。この人は結婚式当日に私を捨てた。子供は欲しくないと言い放った。

それなのに、どうして抱き締めたくなるの?

「あら、ずいぶん早かったのね。いつものパターンからいって、あなたが逃避行動をとったら、あと四年は戻らないと思ったけど」

ケリーは涙を見せるのが怖くて再び背中を向け、残りの衣服をスーツケースにほうりこんだ。どんな言葉を聞かされても、どんな仕打ちをされても、アレコスほどセクシーな男性は見たことがない。同じ部屋にいるだけで、どうしようもなく胸が高鳴る。

「フェラーリに乗っていったってジャニスから聞いたけど」そう言ってしまってからあわてて口をつぐんだ。彼の身を案じていたことはおくびにも出すまいと心に決めていたのに。近くに危険な崖はないか、必死に尋ねたことを思い出し、ケリーは顔を赤くした。「なにしに来たの？」

「ここは僕の屋敷だ」アレコスはドアを足で閉め、ケリーのそばへやってきた。「例の赤ん坊の件だが……」

「私の赤ちゃんよ。例の赤ん坊じゃないわ」ケリーはスーツケースに靴を押しこんだ。「ああ、もう、どうして入らないの？」

「整理して入れないからだ」

「人生は短いの。いちいち整理している暇なんてないわ！」スーツケースにいらだちをぶつけ、乱暴に閉めた。「ついでに言うと、あなたみたいな人とかかわっている暇もないわ。ああ、指輪を売ったりしなければよかった。十九のときにこの島に来なければよかった。あんなつるつるの床の上なんて走らなければよかった！」

アレコスが困惑顔でケリーを見つめた。「順番がばらばらだ」

「この際、そんなことはどうだっていいわ。そもそもあなたと別れたあとに、あなたの子を妊娠したのだって順番が違うのよ。私の人生はいつもめちゃくちゃ。みんな頭で考えて、それから行動するのに……」ケリーはスーツケースの上にどっかりと座り、かろうじて留め金をかけた。「私はまず行動して、それからやっと考える。これが間違いでなくて、いったいなにが間違いだっていうの?」

　自分がたまらなくみじめだった。気が遠くなりそうでベッドに腰を下ろすと、アレコスがまるで不発弾を見るような目で見つめていた。

「君はとても興奮している。それも無理はないが、一つ重要なことを忘れている。僕があの発言をしたのは、君の妊娠を知る前だ」

「それでなにが変わるっていうの?」

「君を傷つけようとして言ったわけじゃない」

「だったら、なおさらよ。正真正銘、あれがあなたの本音だってことだもの。こういうのをどつぼにはまるって言うんだわ」立ちあがってスーツケースをベッドから下ろそうとすると、めまいがした。「出ていって、アレコス。さもないと、あなたを殺してオリーブの木の下に埋めるわよ」

「重いものを持つのはよくない」

「ええ、そうね。じゃあ、死体は引きずっていくわ」

「僕はスーツケースの話をしているんだ」アレコスがため息をついた。

　ケリーはばかにされたような気がして、目に入った髪を払った。「わかっているわよ、そのくらい。でも、スーツケースにはキャスターがついているの。なんならリトル・モルティングまでだって引いていけるわ」スーツケースをつかみ、もう一生、だれともつき合わないと心に誓った。ましてや、ずば抜けた頭脳を持つギリシア人なんてぜったいにごめんだ。一緒にいるだけで自分がけし粒ほどの小さな人間に思えてくる。ああ、どうしてアレコスが子供を望んでいないと見抜けなかったのだろう?

　これから私はどうすればいいの?

　これ以上、彼にかかわってはいけない。子供は欲しくないというあのひと言で、今度こそ完全に吹っ切れたはずだ。

それなのに……。

今この瞬間もどうしようもなく彼に惹《ひ》かれている。

四年前と少しも変わらず彼を愛している。

スイッチ一つで愛情を消すことができたら、どんなにいいだろう。いったいどんな仕打ちをされたら、彼への愛をとめられるのだろうか。

私に自尊心はないの？

母もこんな気持ちだったのだろうか？　父親になる気もない恋人の子を宿したと知ったとき、やはりこんなふうに思い悩んだのだろうか？

アレコスがギリシア語でなにかつぶやき、髪をかきむしった。「僕の配慮が足りなかった。だが、まさか君が妊娠するなんて思ってもいなかったんだ。僕たちはもうそんな関係では……いや、確かに関係は持った。ただ、あの一度きりだ。君の家のキッチンテーブルの上で」

「ロマンチックよね」

ケリーの皮肉に、アレコスは言葉をつまらせ、咳《せき》払いをしてから言った。「あの一度で妊娠したのかい？」

「そういうことになるわね。将来、子供に質問されないことを祈りましょう」

「僕は、てっきり君が避妊しているものと思ったんだ」

「それが違ったの。靴を取って」

「靴？」アレコスはケリーが指さす方向に目をやり、ベッドの下に脱ぎ捨てられた鮮やかなピンクのピンヒールのパンプスを拾いあげた。「もうはかないほうがいい。これは君とは相性が悪い」

「そんなことないわ」ケリーはスーツケースを少しだけ開け、中のものが飛び出さないようにパンプスを片方ずつ押しこんだ。「私はただあなたの家の床と相性が悪いの」

「どうして避妊薬をのんでいなかったんだ？」

「必要なかったからよ。どうやら私は下等な雄にしか身を捧《ささ》げないように遺伝子に組みこまれているみたい。家族思いのまともな男性を見たら、きっと目がくらんじゃうんだわ。だから、あなたはどうぞごう勝手に。原始人は原始人らしく洞窟《どうくつ》へ戻って、うほうほ胸をたたくなりなんなりしてちょうだい」ケリーがスーツケースをつかむと、日に焼けたたくましい手がその上に重なった。ケリーはその手を見つめ、ごくりと唾《つば》をのんだ。「触らないで。自分がなにをしているかわかってるの?」

「原始人だってこれくらいはできる。重いものを持ちあげるのは得意だ。運ぶというのなら僕が運ぶ」

「これは岩石じゃないのよ。このくらい自分で運べるわ」

「赤ん坊にさわるようなことを君にさせるわけにはいかない」

「アレコス、私の赤ちゃんよ! 赤ん坊なんて呼び方はしないで。もしおなかの中で聞いていたらどうするの? あなたに望まれていないとわかったらどうするのよ?」

アレコスは長い間なにも言わず、ケリーがどぎまぎするほど真剣なまなざしでじっと見つめていた。

「それはもう言わないでくれ。確かに僕はこうなることを望んでいなかった。だが、起きたことは起きたことだ。僕には責任がある。逃げ出すつもりはない」

「忘れてちょうだい。捕虜でもあるまいし、あなたをベビーカーにつないで引きずりまわすつもりはないわ。それくらいなら一人で育てたほうがましよ」

「ケリー! 僕は本音で話している。君もそれを望んでいたはずだ。それとも、子供ができてうれしいとでも言えば、君は納得するのか?」

涙がこみあげ、ケリーは唇を噛《か》んだ。「いいえ」

「そうだろう。だから、僕も嘘《うそ》はつかない。話を聞いたときは、確かにショックだった。でも、きっとなんとかしてみせる。生まれてくるその赤ん坊を父親のない子にさせるわけにはいかない」

「私の赤ちゃんだったら！」ケリーは叫び、いたわるようにおなかに手を当てた。「今度、〝その赤ん坊〟なんて呼んだら、ひっぱたくわよ」

アレコスが震える息をついた。「じゃあ、〝僕たちの赤ん坊〟なら？」彼はケリーの平らな腹部を見つめ、かすれ声で言った。「〝僕たちの赤ちゃん〟だったら、どうだい？」

「趣味の悪いジョークね」ケリーは心を許すまいと携帯電話に手を伸ばした。「航空券を買うにはなんて言えばいいの？　ギリシア語を教えて」

アレコスがケリーの手から電話を奪った。「あいにく僕も航空券の買い方は知らない。一度も買ったことがないし、君に買わせるつもりもない。結論が出るまで君にはここにいてもらう。頼むから、もう帰るなんて言わないでくれ。もしおなかの子が本当に話を聞いているなら、今ごろ不安に感じているはずだ」

「今さらなにを話し合うっていうの？　私は妊娠していて、あなたは子供を望んでいない。いくら無理をしたところで自分をごまかすことはできないわ。だいたい、どうして子供が欲しくないの？」ケリーはジレンマに陥り、うんざりした顔でアレコスを見た。「あなたの自尊心って、そんなにもろいの？　子供に主役の座を奪われるのがいやだなんて、いったいどれだけ身勝手な男なのよ」

アレコスが顎を引きつらせ、驚くほど真っ青な顔でケリーを見つめた。「その身勝手な男を父親に持つ子供の気持ちがいやというほどわかるからさ」抑揚のない声だった。「子供の人生を狂わすことだけはぜったいにするまいと、幼心に誓ったんだ。この目で地獄を見てきたから」

吸って、吐いて、吸って、吐いて。ケリーは自分に言い聞かせた。ヴィヴィアンが隣にいて紙袋を手に励ましてくれたらどんなにいいか。

あまりに衝撃的な告白だった。初めて知るアレコスの生い立ちに胸を引き裂かれ、荷物をまとめて国へ帰る計画もどこかへ吹き飛んでしまった。

でも、ここに残ったところでなんになるの？

これ以上、絶望的な関係はほかにない。

わかっていながら、アレコスの張りつめた表情を忘れることはできなかった。彼の言葉が耳にこだまする。〝子供の人生を狂わすことだけはぜったいにするまいと、幼心に誓ったんだ〟

ケリーは呆然《ぼうぜん》と座りこんだ。大切なのは子供だ。おなかの子のことを第一に考えなくては。でも……。

「ああ、もう！」靴を脱ぎ捨て、さっきころんだタイルの床の上を歩きだした。話す気になったら、テラスに来てほしいとアレコスが言っていた。

いいわ、五分だけ。彼のようすを確認したら帰ろう。

裸足《はだし》で足音もたてずにテラスに入り、はたと立ちどまった。アレコスはどこにいるの？

水しぶきの音が聞こえた。

プールのほうを振り返ると、アレコスのたくましい腕が勢いよく水をかいている。鬱積《うっせき》した思いを泳ぎにぶつけているのは明らかだ。

脈打つ力強い肉体を前に、ケリーは小さく身震いした。かつてそのパワーと情熱が私に向けられていたのだ。アレコスと一緒に泳ぎたい衝動をぐっとこらえ、彼女はプールサイドの寝椅子に腰を下ろした。

目の前に広がる美しい庭、真っ青な海。いつもなら穏やかな景色が心を癒《いや》してくれるのに、今日ばかりは視界に入るアレコスが気になってならない。

アレコスはまるで自分に罰を課すかのようにいつ

までも泳いでいる。やがてようやくプールから上がると、したたる水をぬぐいながらケリーに近寄ってきた。

ケリーは思わずたじろいだ。「ストップ。もうそこでいいわ。私はただ……あなたが大丈夫かどうか確かめに来ただけだから」

「どうして僕が大丈夫じゃないんだい？」

「だってほら……ふだん口にしないことを口にしたわけだし」ケリーは心配そうにアレコスを見つめた。「ちょっと気になって」

アレコスが顔をゆがめてタオルに手を伸ばした。「いかにも君らしいな。いくら嫌いな男でも、落ちこんでいると思うと、やっぱりほうっておけないわけだ」

「万一、命でも落とされたらあと味が悪いからよ」引き締まったつややかな体に目を奪われ、ケリーはあわてて視線をそらした。「さっきあなたが言ったことだけど、つまり、こういうこと？　あなたは子供を傷つけてしまうのが怖い。だから子供は欲しくない」

「ああ」

ケリーは次の言葉を待ったが、アレコスはそれきりなにも言わなかった。「お父様が身勝手な人だったの？　あなたを傷つけたの？」

「ああ」

ケリーはいらだった。「〝ああ〟しか言えないの？　それじゃ、ちっとも気持ちが伝わらないわ。まあ、いいけど。つまり、話したくないんでしょう？　なにがあったにしても、あなたはそれを記憶の中から追い出そうとしている。お医者さんと話しているのを聞いてしまったの。あのときはなんのことかわからなかったけど。あなたは過去をなかったことにして先に進もうとしている。そのほうがあなたにとっては楽なのね。でも残念ながら、私にとってはちっとも楽じゃない。四年前だって、あれこれ想像をめぐらしたあげくに的はずれの答えしか出てこなかったもの。私は、てっきりあなたが私を嫌いになったんだと思ったわ。経験が足りないとか、そういうことで」

「君の経験のなさはむしろ魅力だった」

アレコスが腰のまわりにタオルを巻き、ケリーはごくりと唾をのんだ。

「ほらね、私にはやっぱりあなたの心が読めていない。あなたは思ったことを口にする人じゃないもの。私たち、あきらめるしかないかもしれないわ」

「いいや、あきらめない。だが、君の言うとおり、その話題は苦手なんだ」アレコスは水差しの水をグラスについだ。「それで、なにが聞きたいって?」

「全部よ！　ちゃんと理解したいの」

アレコスはグラスの水を見つめた。「両親の結婚は決して幸せなものではなかった。母が浮気をして、父は母を捨てた。僕はどっちについていきたいか、自分で選べと言われた」

グラスを口に運ぶアレコスを、ケリーは呆然と見つめた。

「お父さんかお母さんか、選べってこと？　だって……あなたはいくつだったの？」

「六つだ。両親の前に立たされて、どっちと一緒に住みたいかときかれた。どっちを選んでも正解でないのはわかっていた」アレコスはグラスをテーブルに戻した。「僕は母を選んだ。父を選んだら、母がどうなるか心配だった。母のほうがもろい。僕を失うくらいなら死んだほうがましだと言っていた。母親を死なせたい六歳の子供なんていないさ」

「そんな、あんまりだわ。お父様はなんて？　あなたのつらさをわかってくださらなかったの？」

アレコスは口をゆがめた。「ギリシアの男にとって息子は最大の財産だ。父から見れば僕は誤った選択をした。決して許してはくれなかった」

「でも――」

「その日から僕の存在は消えた。以来、一度も会っていない」アレコスはまっすぐケリーを見つめた。その瞳にいつもの皮肉っぽさはなかった。ただ悲しく固い決意が宿っていた。「自分の行動によって子供が傷つくなんて、僕はぜったいに耐えられない。だが、それは起きてしまうんだ。あまりにも簡単にね。これでわかっただろう。君が子供を欲しがっていると知って、なぜ僕が過剰に反応したか。正直なところ、胸にこたえた」

ケリーは唇を舌でなぞった。「話してくれればよかったのに」

「僕たちはろくに話もしなかったと思わないかい？　コミュニケーションの手段はほとんど体だった。二人の激しく短い関係をつむじ風と呼ぶのは、エヴェレスト山をもぐら塚と呼ぶようなものさ」

「私はたくさん話したわ」ケリーはつぶやいた。罪悪感が胸を刺した。彼のことを本気で知ろうとしただろうか？　家族のことや将来のことをきちんと尋ねたことがあっただろうか？　自分の夢ばかり追いかけて、彼の夢がなにか考えていなかった。「まさかあなたがそんなふうに思っているなんて、考えもしなかったの。あなたはいつも自信たっぷりで、自分の求めるものをちゃんとわかっているように見えたから」

「わかっていたさ。少なくとも当時はそのつもりだった」アレコスはケリーを立たせて抱き寄せた。「だが、時は流れる。人生は思いもよらないものを僕たちに投げてよこす」

裸足のケリーはアレコスの肩に届くのがやっとだった。なめらかなブロンズ色の肌に額をつけ、アレコスの香りを吸いこむ。「そうね、人生は思いどおりにはいかない。おとぎ話とは違うわ」

アレコスが笑った。「おとぎ話だっていいことばかりじゃないさ、いとしい人《アガペ・ムー》。意地悪な魔女や魔法使いのおばあさんだって出てくるだろう？」

「魔法使いのおばあさんはいい人よ。それを言うなら意地悪な継母《ままはは》でしょう」

「これだから、僕はいい父親にはなれない。おとぎ話の筋すらまともに知らないんだ」アレコスはケリーの顎を持ちあげた。「額はまだ痛むかい？」

「痛いわ。体じゅう痛い。まるで牛の群れに踏まれたみたいに。もう二度とあなたの家で靴ははかないわ」でも、いちばん痛いのは心だった。身勝手な親に無理な選択を迫られた六歳の少年を想像するとつらい。そして今、自分もまた同じように無理な選択を迫られている。

アレコスのもとを去り、彼のいない人生を送るか、いつか再び彼に捨てられるのを覚悟でここにとどまるか。

どうすればいいか、どちらが正しいのか、ケリーにはわからなかった。

アレコスが親指でケリーの唇をなぞった。「もう靴ははかないんだね。じゃあ、服はどうだい？」ハスキーな声だ。「いっそ服も着ないほうがいいんじゃないかな」

「やめて。頭が働かなくなるわ」体を引こうとするケリーをアレコスが抱き締めた。彼の手が背中に温かかった。「混乱しているの。私の中のあなたはいつだって落ち着き払った完璧《かんぺき》な人だったから」

「ビジネスにおいてはね」アレコスはケリーの髪に指を通し、顎に唇を這《は》わせた。「プライベートとなると、このとおり、我ながら見事な醜態だ」

驚くほど素直な告白を聞き、もうアレコスを拒むことはできなかった。

「あなたが望みもしない子供のために、よりを戻すわけにはいかないわ」

アレコスはケリーの顔を両手で包み、唇を重ねた。

「僕が君をここに呼び寄せたのは、君の妊娠を知る前だ」

「そんなに私のことを思っているなら、どうしてイギリスに来てくれなかったの？」

「イギリスは七月でも雨が降るが、ここなら、君はビキニで歩きまわれる」アレコスの瞳が熱っぽく輝いた。「あるいはもっと大胆な姿で。浅はかな男の考えることとさ」

「アレコス！　セックスだけがすべてじゃないのよ」ケリーは彼を突き放した。「セックスをするのは簡単だけど、むずかしいのはそこから先だわ」

「わかっている」

「あなたは子供を望んでいない。私には答えが見えないわ」

「二人でさがそう」アレコスはケリーの口をふさぎ、巧みな舌使いで心の奥底に抑えこんでいた感情をかきたてた。たくましい体が押しつけられて、情熱の嵐《あらし》が吹き荒れる。

ケリーは彼の腕に身をゆだねた。

アレコスがギリシア語でなにかつぶやき、それから英語で言った。「ずっとこうしたかった。キッチンで君を抱いたあの日から、ほかのことは考えられなかった。君は僕を狂わせる、アガペ・ムー」

ケリーはアレコスの髪に指をからませ、欲望に身をまかせた。太陽が肌を焼き、小鳥たちがプールの上を飛びまわっている。それでも、どちらも気づかないほど互いに熱中していた。

ばたんとドアの閉まる音がして、二人はようやく唇を離した。

ケリーはあえいだ。「だめよ。混乱させないで」

「混乱することなんかなにもない」アレコスはケリーの頭のうしろに手をやり、さらに唇を重ねた。

「君も僕と同じものを求めている」空気が濃密になり、ケリーはおぼれるまいと必死に顔を上げた。

「四年前、あなたは私を傷つけたわ」

「わかっている」

「説明さえしてくれなかった」ケリーはアレコスの唇を見つめた。官能的な曲線、うっすらと生えた髭《ひげ》。

「本当にひどい人」

「それもわかっている。あのときの僕は完全に〝ぴーっ〟だった」声がかすれ、黒いまつげの奥に欲望の炎がくすぶっている。「きっと埋め合わせをしてみせる。今度こそうまくいくよ。二人で道をさがそう」

「どうやって？　お願い、アレコス。もうキスしないで。私がいいと言うまで」ケリーは体を離そうとしたが、アレコスはケリーより力が強く、目的を達するためにはその強さを利用することもためらわなかった。


アレコスのキスがケリーに二人の関係をまざまざと思い出させた。力ある者とそれに屈する者。「アガペ・ムー、君は必ず僕を許す」彼はケリーの唇をやさしく噛《か》んだ。「僕が憎いのはわかっている。だが、それでいいんだ。僕を忘れていない証拠だ」

「あなたとよりを戻すほどばかじゃないっていう証拠よ」しかし、その言葉に説得力はなかった。たった数秒のキスで全身の力が抜けただけでなく、おなかの中には彼の子がいる。このまま別れればすむような単純な問題ではない。でも、だからといって、ここに残ればきっとまた傷つく。そして、今度はおなかの子まで傷つくことになるのだ。「できないわ、アレコス。もう二度と同じ道をたどりたくない。私、怖いの」

アレコスがケリーの顔を両手で包んだ。「君は僕を求めている。君だってわかっているはずだ」

「いいえ、わからない。なにもかもわからない」ケリーは必死に自分と闘っていた。「ただ、体があなたを覚えているだけ」

「もし本当に僕を求めていないなら、体が覚えているだけなら、どうしてこの四年間ずっと僕の指輪を首から下げていたんだい？」

ケリーは目を見開いた。「だれから聞いたの？」

「見たんだ。君のキッチンで愛し合ったあとで」アレコスはそっと唇を重ねた。「四年間かどうかはわからなかったが、たった今、君が教えてくれた。それがなにを物語るか、君も認めざるをえないはずだ」

「あなたが卑怯《ひきょう》だってことを？」

「僕たちが分かち合ったものは決して消えないってことをさ」アレコスはケリーの額に額をつけた。

「行かないでくれ、ケリー。僕のそばにいてくれ」

「だめよ。あなたのそばにいたら、考えがまとまらないわ。これからどうするべきか、一人で考えたいの」ケリーは顔をそむけた。「アレコス、私は妊娠していて、あなたは子供が欲しくないのよ。それでどうやってうまくいくっていうの？　今さら子供好きのふりでもするつもり？」

「いいや。だが、起きたことは起きたことだ。状況は変わる。子供のことは確かにショックだったが、きっと乗り越えてみせる」

「どうやって？」

「わからない」アレコスは残酷なほど正直だった。

「自分の中で消化できるまで、少し時間が欲しい。しかし、その間、君がここを出たところでなんの解決にもならない」

「私がここに残っても、ただベッドに入って終わるだけだわ。それこそ、なんの解決にもならない」ケリーはアレコスを見つめた。「前回はセックスがすべてだった。あなたもそれを認めたでしょう。もし残るとしたら、もっと違う形でなければ」

「違う形ってどんな？」

「もっと広い意味でお互いを見つめるの」ケリーは体を離し、スーツケースを見つめた。子供は欲しくないという彼の思いが結婚式を取りやめるほど根深いものだったとしたら、一生変わることはないんじゃない？

その一方で、彼が今、こうしてここにいることを認めないわけにはいかない。よほどの勇気がなければできないことだ。そして、その勇気こそ、彼が真剣に向き合おうとしている証拠にほかならない。すべてがセックスのためでない限り。

真実を確かめる方法はただ一つ。

「寝室を別にしましょう」考えるより先に言葉が口をついて出た。

アレコスの瞳に一瞬、炎が揺らいだ。

「わかった」彼は言った。「寝室は別だ。それが君の望みなら」

あまりにすんなりと受け入れられ、ケリーは喜んでいいのか、悲しんでいいのかわからなかった。本当にそれが私の望みなの？　けれど、いったん口にした以上、引っこめるわけにはいかない。「それから、思ったことは口に出して言うこと。なんでもよ。私はあなたの心を読むのが下手だし、あれこれ憶測するのは疲れるから」

アレコスの視線がケリーの全身を這った。「君は暑そうだ。服を脱いだほうがいい。君の裸が見たい」

体がかっと熱くなり、ケリーはアレコスをにらんだ。「私はまじめな話をしているの！　あなたって一瞬もセックスのことを忘れられないの？」

「思ったことを口にしろと言ったのは君だ」アレコスがさらりと言った。「頭に浮かんだんだからしかたがない」

「だったら、今度からちゃんとふるいにかけて。セックスにまつわる言葉は聞きたくないわ」

「なるほど」アレコスは片方の眉を上げた。「君は僕になんでも思ったことを口にしてほしいが、それはあくまで君が僕に思っていてほしいことでなければならない。ずいぶんややこしいと思わないか？」

「あなたは手こぎボート一隻から何十億ドルもの規模のビジネスを築いた億万長者でしょう。本当にやる気があればできないことはないはずよ。じゃあ、私はスーツケースの荷物を出してくるわね」

「家政婦にやらせるよ」

「そのくらい自分でできるわ」せめて数分、アレコスの視線から逃れたかった。

アレコスの口元がかすかにほころんだ。「いっそ中身を床にぶちまけて終わりにしたらどうだい？」

「あなたは私がだらしないと思っているようだけど、私に言わせれば、あなたは神経質で窮屈すぎるわ」

ケリーは顎を突き出した。「なんでもかんでも秩序正しくしなくちゃ気がすまないなんて、どうかしているわよ。のびのび暮らすほうがずっと健康的だってことを心にとめておくべきだわ」

そして私は、寝室を別にしたいと言ったわけをしっかり心にとめておかなければ。

いつ終わるとも知れない眠れぬ夜を自らに課してしまった。アレコスがセックスの話ばかりするとなると、昼間も心は休まりそうにない。

6

「それで、今夜はどこへ行くの？」ケリーはプールサイドの寝椅子に横たわり、セックスの四文字を必死に頭から追い出しながら、皮の入っていないレモネードを飲んでいた。

手に入らないとわかったとたん、どうしてそのことしか考えられなくなるのだろう？

いつも自分の思いどおりに事を進めるアレコスが、なぜ今回に限って私の条件をすんなり受け入れたのだろう？

とはいえ、この二週間のアレコスの態度に文句をつけることはできなかった。彼は約束どおり、心に浮かんだことすべてを言葉にしてケリーに伝えた。

中にはケリーが赤面し、別荘に二人きりでよかったと思うような情熱的な言葉もあった。花束や宝石や本も贈ってくれたし、iPodをプールに落としてしまったときには代わりに新しいものを買ってくれた。それでも、ケリーの肌に触れることは一度もなかった。

寝室を別にしたいというケリーの提案に異議を唱えることもなかった。

「アテネだ」ケリーの体が沸騰寸前にあることなど知るよしもなく、アレコスは携帯端末でメールをチェックしている。くつろいだ涼しげな表情はケリーとは対照的だ。

私はこんなに彼を意識しているのに。

おまけにアレコスが腰を下ろしたのは、ケリーが横たわる寝椅子の足元で、肌が触れないぎりぎりの距離だ。そっと彼の横顔をうかがうと、欲望が体を貫いた。筋肉質の脚に視線が吸い寄せられ、体の奥が締めつけられる。

アレコスは私の気持ちを知っていて、わざとこんなそばにいるの？

寝椅子に押しつけた脚が太く見えるのが気になって、ケリーは軽く膝を立てた。

アレコスは驚くほど多くの時間をケリーとともに過ごしていた。この二週間、電話ですませられない会議のために何度かアテネへ行くことはあっても、それ以外はずっとケリーのそばを離れなかった。そして、そのことが彼女をますます困惑させた。

仕事に全身全霊を捧《ささ》げ、常に社会から必要とされているアレコスにとって、それは大きな犠牲に違いない。私のためにそうしてくれていると思うと、たまらなくうれしい反面、すべてを忘れて元の関係に戻ってしまいそうで、毎分毎秒、自分を戒めなければならなかった。

これ以上二人きりでいたら頭がどうかしてしまう。アレコスの波打つ筋肉を見つめながら、ケリーは思った。たまには外の空気を吸いに行くのもいいかもしれない。

「それって、デート？」やっぱりビキニなんて着るんじゃなかった。欲望を秘めたアレコスのまなざしに体が悲鳴をあげている。

アレコスがケリーの瞳をじっと見つめ、それからゆっくりとほほえんだ。「デートというより、ビジネスディナーだ。今夜は君にも同席してほしい」

思わぬ言葉に心がほぐれた。アレコスが私を求めてくれた。彼の世界に招き、二人で分かち合おうと言ってくれた。

大きな前進だ。やはり寝室を別にして正解だった。ただ、自分の提案を否定したくはないものの、一触即発のこの空気を無視することはできなかった。たとえ指一本触れていなくても、アレコスの体が緊張しているのが手に取るようにわかる。あんな条件を突きつけたばかりに、私は結局、二人の間の温度を危険なレベルにまで押しあげてしまったのだ。

「じゃあ……」アレコスに触れないよう、ケリーは慎重に脚を引っこめた。「私はなにを言えばいいの？　おかしなことを言わないようにあらかじめ聞いておかなくちゃ」

「君に商談をまとめてもらうつもりはないよ。君は君のままでいい」

「服装は？　ドレスアップが必要？」

「ああ。アテネの僕たちの家にドレスを何着か取り寄せてある。その中から好きなものを選べばいい」

僕たちの家。

希望の蕾《つぼみ》がいっきにふくらんだ。いずれ私のもとを去るつもりなら、〝僕たちの家〟なんて言うかしら。まるで夫婦か、人生のパートナーみたい。

ケリーは夢見心地でアレコスが英語とギリシア語を器用に切り替え、次々とかかってくる電話に応じるのをじっと聞いていた。

「それで、アテネには何泊するの？」

「一泊だけだ。一時間後に操縦士が迎えに来る」

「一時間後？」ケリーは飛び起きた。「たった一時間しか支度する時間がないの？　初めて会う人ばかりなのに？　みんなの心をつかまなくちゃいけないのに？」

「君は僕の心だけつかんでいればそれでいい。支度はアテネに着いてからだ。助っ人《すけと》を呼んである」

「助っ人？」ケリーは顔をしかめた。「形成外科医とか？」

「まさか。君にそんなものは必要ない」アレコスの目は笑っていた。「スタイリストとヘアメイクアーティストだ」

「つまり、美容整形手術は必要ないけど、スタイリストは必要だってこと？　私のセンスが気に入らないの？」

「違うよ。ただ、女性はそういう贅沢《ぜいたく》が好きだと思ってね」アレコスの顔から笑みが消えた。「いけなかったかい？　もし、いやならキャンセルできる」

「いいえ、いいの」ケリーは急いで言った。「案外おもしろい経験かもしれないわ。きっと海藻でぐるぐる巻きにされるのよ。五分で六キロ痩《や》せるっていうでしょう？」

「君にそんなことをしたら即刻くびだ。どうして世の女性たちはそこまで体重に神経質なんだ？」

「世の男性たちが、それだけ薄っぺらだからよ」ケリーは大いばりで言って立ちあがった。

「どこへ行くんだい？」

「支度をしなくちゃ」

「支度ならアテネに着いてからできる」

「支度のための支度よ。こんな格好じゃ、スタイリストに会えないもの」

　アレコスは髪をかきあげた。「僕には一生、女ってものがわからないな」

「あら、がんばって。あなたはお利口さんだもの。もうじきわかる日がくるわ」

　アレコスの屋敷はアテネの高級住宅地の中でもほかの屋敷と一線を画し、長く曲がりくねった私道の先にひっそりとたたずんでいた。

　ケリーは上空から屋敷を見おろしたとき、気が遠くなった。

　果てしなく広大な敷地に建築芸術の粋をきわめた壮麗な屋敷が立ち、アテネ市内を一望する広々としたテラスがある。葡萄《ぶどう》の古木が心地よい日陰を作り出し、滝から流れ落ちる水がゆるやかな弧を描く美しいプールへとそそいでいる。

　ケリーが暮らすリトル・モルティングのコテージは、キッチンの真ん中に立てば四方の壁に手が届くというのに。住む世界が違うとはまさにこのことだ。

すっかり気おされるケリーをよそに、ヘリコプターは屋敷から少し離れたヘリポートに着陸した。すぐに四人の頑強な男たちが駆け寄ってくるのが見えた。

ケリーは眉を上げた。「だれなの？」

「僕のボディガードだ」

「なにかまだ私に話していないことでもあるの？」

「アテネにいるときは身辺に気をつけている」アレコスはケリーのシートベルトをはずした。「財産を築けば、それだけ誘拐の標的になりやすい。背後を気にせずに仕事に集中したいからね」

ケリーは自分のことのように腹が立った。拡大を続けるアレコスのビジネスが何千という雇用を生み出し、ギリシアの人々の暮らしを潤していることも、彼が母国をこよなく愛し、地元の慈善団体に多額の支援を行っていることも知っている。それもまた、出会った当初、彼に惹《ひ》かれた理由の一つだった。

屋敷の中に入ると、ケリーは見たこともない豪奢《ごうしゃ》な内装に思わず目を見開いた。四年前はケルキラ島の別荘で過ごすばかりで、彼の本宅を訪れるのはこれが初めてだ。

床に敷きつめられた大理石と黒曜石が洗練された現代的な雰囲気をかもし出し、美しい名画が白い壁に彩りを添えている。調度品はどれもシンプルかつ優美でありながら、圧倒的な地位と財力を感じさせた。

「あまり時間がない」アレコスはケリーを促して広い階段をのぼり、ドアを開けた。「スタッフが君を待っているはずだ。支度がすむまで僕は外にいる」

「でも……」ケリーはききたいことが山ほどあったが、アレコスはすでに携帯電話を耳に当てて大股に歩きだしていた。

アレコスがいつもそばにいてくれると思うなんて、どうかしている。ケリーはすっかり場違いな気分でドア口に立ち尽くした。

「ミス・ジェンキンズですね？」黒髪を優雅にまとめた女性が奥から現れた。「ヘレンと申します。さっそく始めましょうか？」

ケリーがほっと胸を撫《な》でおろし、ヘレンのあとについて奥へ入ると、何台ものラックにドレスがずらりと並んでいた。まるで高級ブティックが自分だけのために店を開いたようだ。四年前の短いつき合いでは、彼のこうした生活ぶりを見ることはなかった。あのときは裸足《はだし》で砂浜を歩き、地元の市場へ出かけ、そのままの格好でテラスで夕食を楽しんだ。

それが今、アレコスの暮らす世界を目の当たりにしている。

部屋にはほかに二人の女性が待機していたが、指揮を執るのはヘレンだった。

「まずはドレスを選んで、それから髪型とメイクを決めましょう」ヘレンは目を細めてケリーを見つめると、すたすたとラックへ向かった。「ぴったりのドレスがありますわ」

ケリーはビジネスディナーにどんな装いがぴったりなのかわからず、ヘレンが選び出すドレスをまじまじと見つめた。「ショッキングピンク？」

「きっとお似合いになりますわ。色です」ヘレンがハンガーをはずした。「あなたの瞳は海の色、髪は波に洗われた砂の色、そしてこのドレスは夾竹桃《きょうちくとう》の花の色です。いかがですか？」

「できれば知的で大人っぽい印象にしたいんだけど……もう少し無難なものじゃだめかしら？　黒とか？」

ヘレンが残念そうにほほえんだ。「黒は悲しみの色です。今夜はお祝いの席と聞いていますから。いかがでしょう。ニナがバブルバスを用意しておりますので、まずはそちらに入られてから袖《そで》を通してみては。お気に召さなければ、別のものを考えます」

お祝い？

いったいなんのお祝いかしら？　広々としたバスタブの香り高い湯につかりながら、ケリーは胸を躍らせた。

アレコスがここまで準備するからには、なにか特別なお祝いのはずだし、仕事に関することなら、わざわざ私を連れていく必要はない。

ということは……私たち二人のお祝いに違いない。

興奮に体が震えた。この数週間、アレコスとはほとんど将来の話をしなかった。ただ、今を見つめ、互いを見つめることに集中していた。それでいいと思っていたし、それが正しい順序だと信じていた。

心のどこかで子供のことがいっさい話題にのぼらないことに不安を感じていたとしても、他方ではアレコスのふるまいを理解していた。彼にとって、これは簡単に口に出せるような問題ではない。それに、彼は私とは違う。だれにも言わず、自分の中で静かに決着をつける。

だから、辛抱強く待とうと心に決めた。

今日、アレコスが私をここへ連れてきたのは、私をパートナーとして認めてくれたということだ。私はもう彼の人生の一部……。

ケリーは天にものぼる心地で柔らかな泡に指をくぐらせた。今夜、二人の間に祝福すべきなにかが起こる。

ひょっとしてプロポーズ？

合格祝いでもなければ、就職祝いでもない。ほかに祝う理由など思いつかなかった。

頭がぼうっとした。すぐにイエスと答えようか、それとも少しじらそうか。

いいや、じらす意味なんてどこにもない。私は彼を愛している。この気持ちは四年前からずっと変わらないし、まして今は彼の子をおなかに宿している。

ケリーは有頂天で、髪を洗ってもらう間も、じっと座っているのがやっとだった。

「あまり手を加えては叱《しか》られますから」ヘレンが毛先をそろえてドライヤーを当てると、髪は柔らかなウエーブを描いた。「ボスの言うとおり、本当に美しい髪ですわ」

「アレコスがそんなことを？」

「ええ、みんなをあっと言わせたいって」ヘレンがアレコスの口調をまねて言った。「〝ただし、彼女の髪だけはぜったいにいじるな。美しい髪だ。短く切ったりしたら、もう二度と僕のもとで働くことはないと思ってくれ〟」

やっぱり私を生涯の伴侶《はんりょ》としてみんなに紹介してくれるんだわ。ケリーはぱっと表情を輝かせた。

「あなたはもう何度もアレコスの仕事をしているの？」

ヘレンがほほえみ、テーブルの上に広げたメイク道具に手を伸ばした。「もともとはケルキラ島にいらしたお祖母《ばあ》様の髪の手入れをまかされていたんです。とてもおしゃれな方でしたが、お年を召すにつれて外へ出かけるのがむずかしくなってしまって。それでボスが私をお祖母様のもとへ送りこんだんです。それはそれは愛していらっしゃいましたから」

「まあ」初めて聞く話だ。そういえば、アレコスはほとんど祖母のことを話さない。「私は一度もお会いしたことがないの。彼と出会う前に亡くなられたから。ケルキラ島の別荘がもともとお祖母様の家だったってことは聞いたけど」

医者の言葉が脳裏によみがえった。

〝小さいころ、おまえさんはお祖母さんを訪ねて何度もこの島へ来ていたろう……ひどい心の傷に苦しんでいた……〟

ケルキラ島のあの別荘は、彼にとって安らぎの場だったんだわ。ヘレンにメイクをほどこしてもらいながら、ケリーはぼんやりと考えた。なのに、彼はひと言もそれを口にしない。いつか話してくれる日がくるかしら？

「とてもおきれいですわ」ヘレンが一歩うしろへ下がり、満足げにうなずいた。「さあ、次はドレスよ」ぱちんと指を鳴らすと、ニナがドレスを手に現れた。ヘレンがそれをそっとケリーに着せ、また一歩下がって目を細めた。「次は靴ね」

再びニナが現れると、ケリーは思わず顔をゆがめた。「そんな高いヒールの靴をはいたら、ぜったいに歩けないわ。私、ハイヒールとつるつるの床が苦手なの」

「そのために神は男を創造したんですわ。ボスが腕を取ってくれますから」ヘレンがハイヒールをケリーの前に置いた。「これで完璧《かんぺき》」

ケリーがそっと足を入れると、ヘレンが眉をひそめた。

「あとは宝石を決めないと。首元が寂しいですもの」

「準備はできたかい？」白のタキシードを着た、まばゆいばかりのアレコスが携帯電話で話しながら部屋に入ってきた。電話と身支度を同時進行しようとしているらしく、眉間《みけん》にしわを寄せている。黒の蝶《ちょう》ネクタイが襟元にぶらさがり、カフスボタンが手首のところで揺れていた。

そこでケリーをひと目見るなり、アレコスは言葉につまった。

ケリーの胸の鼓動はいっきに速まった。鏡を見るまでもない。ヘレンがすばらしい仕事をしてくれたのは明らかだ。

はずむ思いで踵《きびす》を返し、わざと鏡の前へ歩いていってアレコスにうしろ姿を見せた。大きく開いた背中に彼がはっと息をのむのがわかった。声にならないその賛辞が今のケリーには必要だった。鏡の中に映る自分はまるで自分らしくない。いつもは無難な黒を選ぶのに、このショッキングピンクは無難とは正反対だ。どぎまぎするほど派手で大胆で、それでいて、心がうきうきするような楽しさがある。

なにより気がかりなのは、このドレスが間違いなくセクシーなことだった。アレコスの前でこんな格好をするのが、はたして得策かどうか。二人の間からセックスを取り除こうと決めたはずなのに。

ただその一方で、もし今夜、予想どおりの祝福が待っているなら、二人の関係を完全なものにする、これ以上ふさわしい方法はないようにも思えた。

「きれいだよ」アレコスがかすれ声で言い、スタッフを下がらせた。「君にプレゼントがあるんだ」

胸が早鐘を打ちだした。

ケリーはうっとりとアレコスを見あげた。どうしてわざわざ新しいものを買ってくれたのかしら？　指輪ならもうちゃんとはめているのに。はめている指は違うけれど、ちょっと左手に移せばいいだけの話だ。

アレコスが深呼吸を一つした。「ただ、その前に話したいことがある」

ケリーは目を潤ませ、にっこりした。「私もよ」あなたを愛しているの。四年前からずっとあなたを愛しつづけてきたのよ。

「寝室を別にするなんてばかげたことはもう終わりにしないか。頭がおかしくなりそうなんだ。仕事にも集中できないし、夜も眠れない」

「まあ」意外な言葉に驚きつつも、ケリーはなんとか自分を納得させた。アレコスだって健全な男性だもの。そういう話を持ち出したくなるのも無理はないわ。「私も同じ気持ちよ。頭がおかしくなりそう」

「僕は君と本物の関係を築きたい。セックスもその一部だ」

本物の関係……。

「私もよ。私もあなたと本物の関係を築きたい」

ケリーがささやくと、アレコスは彼女の首に手をかけて唇を重ねた。

「もう我慢できない」アレコスがうなった。「このまま……」

「ええ、お願い」アレコスの巧みな舌が抑えこんでいた欲望を解き放った。数週間の禁欲のあとで、ケリーの体はいっきに燃えあがった。これから外出することも、プロポーズを待っていることも、なにもかも忘れ、今この瞬間に全神経を集中した。

がっしりした手が腿を這《は》いあがると、あえぎ声をもらしてアレコスのズボンに手をかけた。

アレコスは熱く執拗《しつよう》なキスを重ねながら、もどかしげにシルクのドレスの裾《すそ》をたくしあげた。ケリーがアレコスの首に腕をまわすと、彼は彼女の体を持ちあげて、燃えるような瞳で見つめた。

「ケリー……」

「お願い、早く」

とたんにアレコスは動きをとめ、荒い息をついてケリーを床に下ろした。

「だめだ……やっぱりこんなことはすべきじゃない」

ケリーは彼のシャツにしがみついた。「どうして？　私はてっきり――」

「違うんだ」アレコスは声を震わせ、ケリーの両肩をつかんで体を離した。「こんな場所でこんなふうに君を抱きたくない。僕が求めているのは、こういうものじゃない」

「違うの？」

「あとでゆっくりするほうがいい」アレコスは乱れたドレスを直し、ケリーの頬を両手で包んで唇を重ねた。「ただ燃えあがって一瞬で終わるのはいやだ。君とはもっと別の形がいい」

ケリーもそれは同じだった。望むのは永遠……。

アレコスがジャケットの内ポケットに手を差し入

れると、ケリーの心臓は一瞬とまった。「君に渡したいものがあるんだ」アレコスがベルベットに包まれた長方形の箱を取り出した。

ケリーはぼんやりとその箱を見つめた。目から入る情報を脳が受け入れようとしない。長方形？　どうして長方形なの？

「なあに？」ケリーは必死に理由をさがした。宝石店が指輪用の箱を切らしていたのかもしれないし、アレコスが私を驚かそうとして、いたずらをしているのかもしれない。

わざわざ新しい指輪を買わなくてもよかったのに。喉から言葉が出かかったそのとき、アレコスが箱を開けた。ケリーは光り輝くネックレスを呆然《ぼうぜん》と見つめた。もう自分をごまかすことはできない。

「ネックレス……」

指輪じゃない。

「そのドレスにきっと似合うよ」アレコスが贅沢に連なるダイヤモンドの下に指を差し入れた。「君になにかプレゼントしたかったんだ」

そう、あなたがくれるのはプレゼント。

未来じゃない。

指輪じゃない。

プロポーズじゃない。

まるで床に頭をぶつけたあの瞬間に逆戻りしたように、目の前がくらくらした。息が苦しい。現実が遠ざかっていく。

あまりのショックになにを言っていいかわからなかった。でも、なにか言わなければ。アレコスが期待に満ちた目でじっとこちらをうかがっている。

「私……なんて言っていいか……」

「ずいぶん驚いた顔をしているな」

「ええ」うつろな声で言う。「驚いたわ」

「ダイヤモンドは人を無口にするからね」

ケリーは声をしぼり出した。「とてもきれいだわ。

ありがとう」教科書どおりの社交辞令が口をついて出た。まるで厳しい親の手前、形ばかりの礼を言う子供のようだ。

アレコスが驚いた顔をしている。プレゼントの金額を考えれば、当然だろう。それがわかっていながら、ケリーはどうすることもできなかった。

この一時間、彼がプロポーズしてくれるものと思いこんでいた。ヘレンの言うお祝いが二人の婚約だと信じていた。

自分がみじめでたまらず、熱い涙がこみあげた。

「本当にありがとう。すてきだわ」

「じゃあ、どうして泣いているんだい?」

「それは……」ケリーは咳《せき》払いをして涙をのみこんだ。「ちょっとびっくりしただけ。考えてもいなかったから」愚かにも私は別のものを期待してしまった……。

「僕たち二人の新しいステージを祝って、記念のプレゼントだ」

「セックスのステージってこと?」

「ケリー、このネックレスはセックスとは関係ない」アレコスが眉をひそめてケリーを見つめた。「そんなふうに思っているのかい?」

「いいえ、違うの。そうじゃないわ。ただ……気にしないで。私は妊娠中だから。妊娠中の女性は感情的になるのよ」少しだけ強調して言い、その言葉にアレコスがひるみはしないか、表情をうかがった。

彼は、ただひたすらケリーを心配しているようだ。

「ベッドに横になるかい? 今夜は君にも同席してほしいと思ったが、体調が悪いなら……」

しっかりして。アレコスは私に一緒にいてほしいと言っているのよ。ケリーは自分に言い聞かせた。

たった二週間で本物の関係を築けるなんて、そもそも現実離れしていたんだわ。こういうことには時間がかかるものでしょう? もっと辛抱強くならなければ。

落ち着きを取り戻そうと、ケリーは震える脚で鏡の前へ向かった。プロポーズはされなくても、二人の関係は確かに正しい方向へ向かっている。

アレコスはこの家を〝僕の家〟ではなく〝僕たちの家〟と呼んだ。セックスを抜きにしたいという私の望みを受け入れて、かなえる努力をしてくれた。私を単なるセックスの相手としてではなく、パートナーとして見てくれた。そしてなにより、妊娠という言葉を聞いても、フェラーリへ向かって駆けだしはしなかった。

今は、それだけでもよしとしなければ。

7

アレコスはテーブルの向かい側でいらだちをつのらせながら、ケリーが有能な実業家たちの心をつかむのを複雑な思いで見つめていた。ケリーの同席はむずかしい商談の空気をほぐすための作戦だったが、思惑どおり事が運んでほっとする反面、若手実業家の一人がケリーを笑わせているのを見て、激しい嫉《しっ》妬《と》に駆られた。

こんなくつろいだ幸せそうなケリーはもう何日も見ていない。

まるで憂いを取り払い、心に明かりをともしたかのようだ。

アテネ有数の高級レストランのテラス席、ほかの客たちの視線をさえぎる葡萄《ぶどう》棚の下——これ以上ない至福の場所で、アレコスはかつてないほどぴりぴりしていた。

原因はケリーになれなれしく接するその男の存在ばかりではない。屋敷でのわずか数分の情事でこの二週間の渇きが癒《いや》されるはずもなく、満たされぬ欲望に体じゅうがうずいていた。

ケリーがグラスを取ろうと前にかがむとドレスの襟元がわずかに開き、胸の谷間がちらりとのぞいた。隣に座る男も夜景そっちのけでこの景色を楽しんでいると思うと、グラスを握る手におのずと力がこもったが、アレコスは体を硬くして自分を抑えこんだ。

そんな彼のこわばった表情に、相手の男はまるで気づくようすもなかった。「アレコスが女性を連れてくるとは聞いていましたが、まさかあなたのような方にお会いできるとは思いませんでした」

歯の浮くようなお世辞ににこやかに応じるケリーを見て、アレコスのいらだちは頂点に達し、指先でこつこつとテーブルをたたいた。

ケリーはわざとやっているのか？

あえて僕の嫉妬をあおるようなまねをしているのか？

「君の見解を聞かせてくれたまえ、アレコス」銀行界の長老、タキスが言った。「事業の拡大は利益にマイナスの影響を及ぼすと思うかね？」

「僕の見解としては」男がケリーのブロンドの髪に手を伸ばすのを見て、アレコスはうなるように言った。「テオが二秒以内に僕の恋人から手を引かない限り、別の銀行と手を組ませていただくことになるでしょう」

男が凍りつき、膝の上に手を引っこめた。

アレコスはほほえんだ。「賢明な判断だ」ケリーが会話についてこられないのを承知でギリシア語に切り替える。「もう一度彼女に触れてみろ。スーパーマーケットのレジ打ちで人生を終えるはめになるぞ」

ケリーは、狂気の沙汰《さた》だとでも言わんばかりに目をまるくしてアレコスを見つめている。

確かに狂気かもしれない。商談の場で自分を見失ったことはかつて一度もない。生まれて初めて、結果がどうなってもかまわないと思った。あんな青二才にケリーを触れさせてまで求めたい結果などない。

緊迫した空気をほぐしたのはタキスだった。彼は豪快な笑い声とともにグラスを掲げた。「ギリシアの男を甘く見てはいかんな。自分の恋人を守るためならなんだってする。若い二人に乾杯だ」アレコスとグラスを合わせる。「これは相当に真剣らしい」

ケリーが赤面するのがわかった。

「そろそろ観念して腰を落ち着けることだ」タキスが肩をすくめた。まるでそれが男の宿命とでも言わんばかりに。「偉大な会社を引き継ぐ強い息子が必要だな。ケリーはギリシア人ではないが……」寛大な笑みが浮かんだ。「なにせ、これだけの美人だ。強い息子をたくさん産んでくれそうじゃないか」

またしてもパニックがアレコスを襲った。息子……強い息子……たくさん……。

アレコスはグラスを取り、ごくりとワインを飲んだ。

「始めるなら早いほうがいい」タキスはこの場に走る緊張にも、ケリーの肩がこわばっていることにも気づいていないようだった。「ギリシアの嫁の務めは立派な子供を産むことだ」

アレコスは顔をゆがめた。あからさまな女性蔑視《べっし》にケリーが憤りを覚えるのではないか？　最悪の事態を避けるためにも彼女が怒りを爆発させる前にタキスに話題を変えさせなければ。微妙なバランスを保つ二人の関係によけいな波風を立てたくはない。

「その話はいささか時期尚早です」

ケリーが青ざめた顔でまっすぐにアレコスを見つめ、ナプキンをそっとテーブルの上に戻した。

「時期尚早？　私にはとうに機が熟しているように思えるけど」

その言葉になにか引っかかるものを感じ、アレコスはゆっくりとグラスを戻した。レストランじゅうが聞き耳を立てているのがわかる。

ケリーが椅子を鳴らして立ちあがった。「失礼します。ちょっと化粧室へ」

男たちはとまどいと好奇心に満ちた顔を見合わせ、昔ながらの作法にのっとって全員立ちあがった。アレコスも磨きこまれた床をひと目見るなりさっと立ちあがり、顔面蒼白《そうはく》のテオを最後にもうひとにらみすると、ケリーのあとを追いかけた。

大理石の床にこつこつと響くヒールの音がケリーの怒りを物語るようだ。数歩うしろからその脚線美をめでるうちに、アレコスはいっそデザートを待たずに二人で姿を消してしまおうかと考えた。

「足をすべらせないうちに僕の腕を取ったほうがいい」アレコスはケリーに追いついて言った。「それと、今度から少し口を慎むべきだ。タキスの女性観は確かに時代錯誤だが、あやうく商談がだいなしになるところだった」

「それが私のせいだっていうの？　あなたは私たちの子供を否定したのよ！」ケリーが振り向いた。激しく憤り、傷ついたまなざしだ。「結局、あなたは一生変わらない。私はまたばかを見たんだわ。この二週間、あなたも少しずつ現実と折り合いをつけてくれていると思っていた。でも実際は、見て見ぬふりを決めこんでいただけ。あなたお得意のやり方で記憶のかなたへ葬っただけだったのよ！」

「違う」

「いいえ、違わないわ。タキスが子供を作れと言ったとき、あなたは時期尚早だと言った。いったいどれだけ時間をかけたら気がすむっていうの？」

「僕はタキス・アンドロポロスと私生活を語るつもりはない」

「ごまかさないで、アレコス！　あなたはおなかの子を望んでいない。初めから望んでいなかった。私をそばに置いているのだって、ただセックスがしたいからよ。私のせいで商談がだいなしになるですって？　よくもそんなことが言えたものね。自分であの人の隣に私を座らせておいて、嫉妬心まる出しで恨めしそうにしていたのはだれ？　私がわからないのをいいことにギリシア語でまくしたてて、私なんかそっちのけで勝手ににらみ合っていたくせに！」

「ケリー、僕は――」

「話はまだ終わっていないわ！　私はそれも全部許してあげるつもりだった。あなたはギリシア人で、ギリシア人はおかしな女性観に洗脳されているようだから。でも、おなかの子の存在を否定することだけはぜったいに許せない」

アレコスが小さくののしり、いまいましげにテーブルを振り返った。「僕は僕たちの子を否定してなんかいない」

「いいえ、否定したわ！　今さら僕たちの子なんて言わないで。この二週間、一度も口にしなかったくせに。私には花束も宝石もなにもかも買い与えた。私をなだめすかしてセックスをするために。でも、一度だっておなかの子について考えたことがある？赤ちゃんの話をしたことがある？　私の子の前で汚い言葉を口にしないで。いくらギリシア語がわからなくても、あなたの声を聞けば、十八歳以下の子が聞くべき言葉じゃないってことくらいすぐにわかるわ」

「僕はなにも君をなだめすかそうとしたわけじゃない。セックスが目的なら、さっさとキスしていた」

「それで私はあっさりあなたの手に落ちるってわ

け？　あなたはセックスのカリスマだから？」ケリーの声はますますヒステリックになった。「あなたって、どれだけ傲慢《ごうまん》で、身勝手で――」

「ケリー、落ち着くんだ」

「私に指図しないで！」ケリーの体は小刻みに震えていた。青白い顔の中で瞳だけがぎらぎらと燃えている。「もう終わりよ。こんなの、子供のためにも、私のためにもよくないもの。帰らせてもらうわ。二度とつきまとわないで」震える手で指輪をはずし、アレコスの手の中に押しこむ。「さようなら。私は今夜じゅうにケルキラ島に戻るわ。もうひと晩だってあなたと同じ屋根の下にいたくない。赤ちゃんは環境に敏感だもの。明日の朝の便でイギリスへ帰るわ」ハイヒールを脱ぎ、つんと顔を上げると、ケリーは振り返りもせずにレストランを出た。

ケリーは大きなベッドに一人寂しく横たわり、睡眠と覚醒《かくせい》の間をさまよっていた。どこかで天井のファンがまわっているのか、ぱたぱたと音が聞こえる。彼女は枕《まくら》を頭の上にのせて耳をふさいだ。心も体もぐったりと疲れ、それ以上なにをする気にもなれなかった。

アレコスの操縦士に頼んでヘリコプターを飛ばしてもらい、ケルキラ島の別荘に戻ったときにはすでに午前零時をまわっていた。

もっとも、何時だろうとさして違いはない。泣きはらした目がひりひりと痛み、さまざまな思いが入り乱れて、とても眠るどころではなかった。

そのとき、聞き覚えのある足音が響き、ケリーはぎくりと身をこわばらせた。枕の下からそっとのぞき見て、思わず金切り声をあげた。

アレコスだ。昨夜と同じ白のタキシード。シャツの第一ボタンがはずれ、首から蝶《ちょう》ネクタイがぶらさがっている。腕いっぱいにいくつもの箱をかかえ、ベッドに横たわるケリーの姿に当惑顔でじっと立ち尽くしている。

ケリーは目をこすった。頭はまだ朦朧《もうろう》としているのに、心臓はいつものごとく早鐘を打ちだした。

「ここでなにをしているの？　どうしてまだそんな格好をしているの？　まるでひと晩じゅう起きていたみたいに」

「ああ、起きていた」

黒い瞳が熱をおび、ケリーはようやく自分が裸だったことを思い出した。

「じろじろ見ないで」真っ赤になってベッドカバーでおおい隠そうとしたものの、体の下に敷いていたせいで引っぱろうにも引っぱれない。あっちへ身をよじり、こっちへ身をよじりするうちに、アレコスの額に汗がにじむのがわかった。

「もういい！」アレコスが荷物を椅子の上に置き、ベッドカバーをひったくって、ケリーの上にばさりとかけた。「いいかげんにしてくれ。わざとやっているのか？」

「なんのこと？」

「君は僕を苦しめる」まるで触れたら火傷《やけど》をするかのように、アレコスがさっと両手を上げてうしろに下がった。

ケリーは疲労と欲望で感情を爆発させた。「私ばかり責めないで！　あなたが勝手に来たんじゃないの。私は一人になりたかったのに」もっと早く気づくべきだった。さっきのあの音は天井のファンではなく、ヘリコプターの着陸音だったのだ。

「まいったな」アレコスがタキシードを脱いでベッドの裾《すそ》にほうった。「僕はなんでも思っていることを口に出すと君に約束した。だから、ここへ来た。君に僕の思いを伝えるために」

「もう遅いわ。私たちはとっくに――」

「話を聞いてくれないなら、僕の好きな方法で君の口をふさいでもいいんだが」

ケリーはびくりとしてベッドカバーを顎まで引きあげた。「触らないで。言いたいことがあるなら、さっさと言って出ていって。十一時の飛行機を予約してあるんだから」

アレコスはケリーの瞳を見つめ、大きく息を吸いこんだ。「ゆうべ、君は僕が子供の存在を否定したと言った。だが、僕は決してそんなつもりじゃなかった」

「私の席からは、そういうふうにしか聞こえなかったわ。言いわけをしに来たのなら時間のむだね」

「ケリー、僕の性格は君も知っているはずだ。他人に胸の内をさらけ出すのは得意じゃない。僕たちの関係は今、とても微妙な状態にある。そんなときに親しくもない連中に君の妊娠を発表して波風を立てるようなまねができると思うか？　本当にそんなことをしてほしかったのか？」

ケリーは怒りに駆られるあまり、別の見方をすることができなかった。「あなたは初めからこの子を否定していたわ。妊娠なんて望んでいなかった。あなたにとってこれが最悪の出来事だってことくらい、ちゃんとわかっているの。今さら嘘《うそ》をついたってむだよ。あなたはただ私たちの間に存在する肉体的な魔力にすがって、嵐《あらし》が去るのを待とうとしているだけ」

「違う、僕が考えているのはそんなことじゃない。確かに君の妊娠を知ったときはショックだった。それを否定するつもりはない。僕の対応は決してほめられたものじゃなかった。だが、僕は僕なりに努力してきたんだ。寝室を別にするという君の提案にも喜んで同意した。その理屈がわからないでもなかったからだ」

「あらそう」

「そうさ、僕だってわかっている」アレコスはカフスボタンをはずして袖《そで》をまくった。「二人のセックスが判断を鈍らせているのは事実だ。四年前、僕は君を傷つけた。しかし、もう二度と同じことは繰り返すまいと心に誓った。それが、君の条件をのんだもう一つの理由だ。できる限り君の願いをかなえてあげようと思った。君の設定する境界線を尊重しようと思った」

「ずるいわ。私が怒っているからって、急にいい子ぶって。でも、そのくらいで私の気持ちが変わると思わないで。いくら取りつくろっても、あなたが子供のことを無視しているのはわかってるんだから」

「まずは僕たち二人の関係を見つめ直す――そういう約束じゃなかったのか。君は子供のためだけに僕とよりを戻すのはいやだと言った。僕もそのとおりだと思った。だから、まず君との関係の修復に全力をそそいだ。君にプレゼントを贈ったのは君に喜んでもらいたかったからだ。なのに、君はそれが子供を無視した行為だと言う。もし僕が子供にプレゼントを買ったら、君はどうした？　きっと子供のためだけに僕がよりを戻そうとしていると言ったはずだ」

ケリーはごくりと唾《つば》をのんだ。「そうね」小さな声で言った。「そうかもしれない。それなら、私がむちゃを言っているっていうの？」

「そうじゃない。ただ、僕はどうしても勝てないと言っているんだ。君がそういう気持ちでいる以上、なにをしても誤解される。君は僕を信頼していない。もちろん、それも当然さ。これまでのことを考えたら信頼できるほうがおかしい。僕が努力しなければならないのはわかっている。だから、時間をかけてでも君の信頼を勝ち取るつもりだ」

「そうやって自分のことを正当化するのね。でも、どれをとっても、ゆうべ、あなたがあんな乱暴な態度をとった理由にはならないわ。あれは言葉の暴力よ。いくらあの男性がつまらない人だからって、暴力は嫌いだわ」

「僕は自分の恋人に手を出されるのが嫌いだ」

「ずいぶん独占欲が強いのね」

「僕はギリシア人だ」アレコスは不敵な笑みを浮かべた。「独占欲が強い。それについては否定するつもりもないし、あやまるつもりもない。君が別の男と仲よくするのを平気で見ているとすれば、それは僕たちの関係がすでに終わったということだ。君を守るためなら僕は闘う、いとしい人《アガペ・ムー》。たとえ君の非暴力主義に反するとしてもね」

　むき出しの男の本能に魅せられ、ケリーの胸の鼓動が激しくなった。「私は別の人と仲よくなんかしていないわ」たくましい筋肉に視線が吸い寄せられ、膝から力が抜けた。「ぜんぜん楽しくもなかったし。正直に言えば、あんな退屈な人は初めてよ」

　アレコスの瞳がぎらついた。「ずいぶんにこやかにしていたじゃないか。あんな幸せそうな君は見たことがなかった」

「あなたが大切な商談だって言うから、失礼があったらいけないと思ったんじゃないの！　それに、あなたがおかしな態度をとるまでは幸せだったもの。私たちの関係はいい方向へ向かっているって信じていたから。あなたはとてもやさしかったし、〝僕の家〟じゃなくて〝僕たちの家〟って言ったわ。それはとっても大きな一歩だと思って――」

「〝僕たちの家〟？」

　アレコスがきき返し、ケリーは肩をすくめた。

「そう言ったのよ、あなたが。〝僕たちの家〟って。心がほんわか温かくなったわ」

「ほんわか？　それは君が人のために大金を投げ出したときに感じるものだろう？」

　アレコスが困惑顔で髪をかきあげ、ケリーは爪を噛《か》んだ。こんなにも違う二人がわかり合える日がくるのだろうか？

「まるでパートナーみたいな口ぶりだったから」ケリーはつぶやいた。「二人で一つというか。やっとあなたと一緒になれた気がして、だからうれしかったの。うれしいときには自然に笑顔になるわ」

アレコスがケリーを見つめた。「僕はてっきりあの男が君を笑顔にしたとばかり思っていた」

「違うわ。あなたよ」ケリーはもじもじとベッドカバーをいじった。「でも、自惚《うぬぼ》れないで。幸せな気分なんて、あっという間に吹き飛んじゃったもの。夕食のときのあなたのあの態度ったら。せっかく私があなたのために話し相手を務めているのに、あんまりだと思ったわ」

「僕のために？」

「大切な商談だって言ったでしょう？　あなたに恥をかかせないようにずいぶんがんばったのよ。うまくやれているつもりだったのに、あなたが時期尚早だなんて言うから……」結局、すべてをほうり出して店を飛び出してしまった。ケリーは両手で顔をおおった。「なんだかとても悪いことをした気分。でも、そんなのひどいわ。だって、九十パーセントはあなたのせいなのに」

ケリーは指の間からアレコスをのぞき見た。「そのとおりだ」

「そのとおり？」

「ああ、僕が無神経だったよ。君に指摘されるまで、子供の話を避けたのがどうしていけなかったのか、見当もつかなかった。君が誤解するのも無理はない。子供は望んでいないと言ってしまったあとだからね」アレコスは蝶ネクタイを取ってタキシードの上にほうった。「ひと晩じゅう考えていたんだ。どうしたら君にわかってもらえるか。僕は君も子供も両方欲しい」

「ひと晩じゅう？　まあ、かわいそうに。疲れたでしょう。少し休んだほうがいいわ」

「それより、この問題を解決するほうが先だ」アレコスはさっき荷物を置いた椅子のほうへ向かった。

「僕も子供のことはちゃんと考えている。その証拠にこれを見せるときがきたんじゃないかと思ってね。この二週間で少しずつ買い集めたものだ。誤解されるのが怖くて渡していなかった」きれいに包装されたいくつもの箱を手に、彼は苦笑した。「それがかえって君を誤解させてしまった。これ以上待つ理由はない」

「なんなの?」ケリーは呆然《ぼうぜん》と贈り物の山を見つめた。「もし宝石なら、体がいくつあっても足りないわ」

「宝石じゃない。君のものは一つもないんだ。全部生まれてくる子供へのプレゼントだ」

ケリーは目をしばたたいた。「だって、まだ妊娠二カ月にもならないのよ。男の子か女の子かだってわからないし……」

「いけなかったかい?」アレコスの顔が引きつった。「なんなら返品してくるよ」

「だめよ、そんな」アレコスはおなかの子にプレゼントを買ってくれていたのに、私は知りもしないで彼を責めてしまった。「ああ、もう。今度こそ本当に罪の意識を感じるわ」

ケリーの言葉にアレコスが顔をゆがめた。「そんなつもりで見せたんじゃないよ。君を喜ばせようとしたつもりなんだが、案外むずかしいな」

「ありがとう。ますます私を悪者にしてくれて。それで、なにを買ったの?」

「開けてごらん」

アレコスが色も形も異なるいくつものプレゼントをベッドの上に並べると、ケリーは目をまるくした。

「こんなにたくさん? 赤ちゃんは一人よ、六つ子じゃないわ」

「アテネへ行ったときに何度か買い物に行ったんだ」アレコスが気恥ずかしそうに首元のボタンをはずした。「少し夢中になりすぎたかもしれない」

忙しい合間をぬっておなかの子のことを考えてくれたのだ。ケリーは感動と罪悪感を同時に覚えながら、一つ目の大きな包みを手に取った。包装紙をはがすと、赤いリボンをつけた大きなテディベアが現れた。「まあ、かわいい」

「青いリボンを選んだら、男の子だと決めつけているって君に怒られそうだし、ピンクを選んだら、男の子だったときに交換しないといけない……」アレコスがケリーの顔色をうかがった。「だから、赤いリボンにしたんだ。どうかな？」

日々何千万ドルもの資金を動かしているアレコスが子供のおもちゃを選ぶのにそんなに苦労するとは、ケリーには想像もつかなかった。「すてきよ。最高のプレゼントだわ」対象年齢が一歳半と書かれているのに気づき、ラベルをそっとリボンの裏に隠して、〝赤ちゃんの手の届かない場所に置くこと〟と頭の隅にメモをした。「赤ちゃんもきっと喜ぶわ」次の包みを開けると、今度もまたそっくり同じテディベアだった。不思議に思いつつ、アレコスを傷つけないように明るく言った。「まあ、これも熊《くま》さんね。すてき……かわいいわ」

「僕の頭がおかしくなったと思っているね？」

「そんなことないわよ」

ケリーが嘘をつくと、アレコスは彼女の手からテディベアを取りあげてじっと見つめた。

「小さいころ、僕の隣にはいつもテディベアがいた。楽しいときも悲しいときも、いつも一緒だった。夜も必ず一緒に寝た。それがある日、なくしてしまったんだ。祖母のところへ持っていって、タクシーに置き忘れた。それきり戻ってこなかった。寂しくてたまらなかった」彼が顔を上げ、照れ笑いした。

「マスコミに話したら、僕の評判は地に落ちるな」

ケリーの目に熱い涙がこみあげた。「言わないわ、ぜったいに。だけど、どうして戻ってこなかったの？　タクシー会社に問い合わせてもらえなかったの？」

「だれもそこまで大事だとは思わなかったんだ」アレコスはぬいぐるみをそっとケリーの手に戻した。「だから、僕たちの子供には同じものを二つ買いかった。予備はいつだって役に立つ。クローゼットかどこかにしまっておいて、万一のとき、子供が傷つかないようにそっと出してあげればいい」

「ええ、そうね。そうしましょう」ケリーの頬を涙が伝った。

アレコスがおびえた顔で彼女を見つめた。「どうして泣いているんだい？　なにか間違ったことをしたかい？　二つじゃ多すぎるとか、少なすぎるとか？」

「そうじゃないの」ケリーは洟《はな》をすすった。「テディベアはすてきよ。二つとも。ただ、あなたが独りぼっちで寝なくちゃならなかったかと思うと……。ずっとあなたのことを考えていたの。たった六歳でパパとママのどちらかを選ばなければならなかったなんて。あなたがときどきパニックを起こすのも無理はないわ」

ケリーの頬に涙が光るのを見て、アレコスはギリシア語でなにかつぶやいた。

「君は二十八年も前の僕のために泣いてくれているのかい？」

「ええ」ケリーは涙をぬぐった。「妊娠して少し感情的になっているのかもしれない」

「そうだね」アレコスはケリーにティッシュを渡した。「ほんの少しだけ。僕はテディベアが気にさわったのかと思ったよ」

「テディベアはとても気に入ったわ」ケリーは洟を

かんだ。「それに、予備を用意しておくっていうアイデアも。あなたが子供を否定しているなんて、とんでもない間違いね。なにか埋め合わせをしなくちゃ。泣いたりしてごめんなさい。ただ、ものすごく疲れていて、あなたに申しわけなくて」

「申しわけなくなんかないさ」アレコスは親指でケリーの涙をぬぐった。「僕がやり方がうまくないのはわかっている。それに、疲れていて当然だよ。昨日は僕のせいでとんでもない一日だったからね。なにもかも間違いだらけだけど、僕も努力はしているんだ、アガペ・ムー」

「ええ、わかっているわ。あとはなにを買ってくれたの？」

やさしい時間が流れる中、ケリーは一つ一つ包みを開けた。おもちゃやぬいぐるみ、男女どちらでも着られるベビー服、ギリシア語の絵本と英語の絵本。

「息子には両方の言葉を学ばせるべきだと思うんだ。ギリシア人としての自覚を持ってほしい」

「あるいは娘にはね。それに、半分はイギリス人よ」

「いいや、息子さ。僕にはわかる」

「いくらあなたでも赤ちゃんの性別までは決められないわ」プレゼントのほとんどは新生児にはふさわしくないものばかりだったが、ケリーはアレコスの気持ちがうれしかった。「どれもすばらしいプレゼントよ、アレコス」

「よかった。これで僕は子供の存在を否定していないと証明できたし、君はあの男に気があったわけじゃないと説明してくれた。一件落着だ」アレコスはケリーのなめらかな肩からようやく視線を引きはがし、勢いよく立ちあがった。「さてと、僕は冷たいシャワーを浴びてくるよ。寝室を別にする提案には同意したが、現実にはむずかしいからね。凍傷になるくらい体を冷やしたら、テラスで朝食にしよう」

8

ケリーはバスルームのドアに手をかけたまま、流れる水の音を聞いていた。

なにをぐずぐずしているの？　セックスをしたからって二人の関係があと戻りするわけじゃないのよ。むしろその逆で、気持ちを抑えれば抑えるほど、セックスのことしか考えられなくなる。チョコレートと同じで、やめると決めたら最後、ほかのものが目に入らないんだから。

決心が揺らぐ前にドアを開けた。

アレコスはシャワーの下で目をつぶっていた。広い肩に降りそそぐ水が引き締まった腹部を伝って、たくましい腿へ流れていく。

ケリーはごくりと唾《つば》をのんだ。あわてて視線を上げると、今度は完全な左右対称をなす精悍《せいかん》な顔とセクシーな唇が目に飛びこんできた。

ケリーはローブを脱ぎ捨て、そっと足を踏み出してアレコスの腰に腕をまわした。

「いつまで立って見ているのかと思ったよ」アレコスが言い、ケリーはさっと顔を上げた。

「目をつぶっていたのに、どうしてわかるの？」

「君のことは見なくてもわかる」アレコスが目を開け、ゆっくりとほほえんだ。「それに、ドアの開く音が聞こえた。家政婦が急に僕の裸に興味を覚えたのでなければ、あとは君しかいない」

シャワーが肩にかかり、ケリーは思わず声をあげた。「冷たいシャワーを浴びるっていうのは冗談じゃなかったのね。本当に凍えちゃいそう」

「君への賛辞と受け取ってほしいね」

ケリーは歯をがちがち鳴らしながら笑った。「そんなに大変なの？」

アレコスは答える代わりにケリーの手を取り、下腹部へ導いた。「冷水を浴びたというのにこれだ」

ケリーがそっと包みこむと、アレコスが鋭く息を吐いた。「冷水じゃ効果がないみたい。別の方法を試してみたらどうかしら」シャワーをとめ、ひざまずいて口に含んだ。

アレコスの驚きはギリシア語を知らなくても十分伝わった。やがてそれが喜びのうめき声に変わり、唇と舌で愛撫《あいぶ》すると、息が乱れた。

「ケリー……」アレコスがケリーを立たせた。瞳の奥に欲望が燃えている。「昔は決してしてくれなかったのに」

「昔は昔、今は今よ」

アレコスの飢えた唇がケリーの唇をむさぼった。濃厚なキスに震えが走る。

アレコスがバスルームの壁にケリーを押しつけ、腿の間に手を差し入れた。巧みな指先が中へすべりこむと、ケリーは呼吸の仕方も彼の名も忘れかけ、押し寄せる快感にうっとりとまぶたを閉じた。

体が燃えるように熱い。今こそ冷たいシャワーが必要なのに、声を出そうにも執拗《しつよう》なキスが口をふさいでいる。

最高の気分だと伝えたかった。あなたは最高だと伝えたかった。その願いがかなう間もなく、アレコスがケリーを抱きあげて寝室へ運んだ。

「まだ濡《ぬ》れているわ」ケリーがつぶやくと、アレコスはセクシーな笑みを浮かべた。

「知っているさ、いとしい人《アガペ・ムー》」ケリーをベッドに横たえ、脚を押し開いてその意味するところを示した。

開け放たれた窓からまぶしい朝の太陽がさんさんと降りそそいでいる。ケリーは身をよじって恥じらったが、アレコスは片手で彼女の両手をとらえ、もう一方の手でその体を自由自在に操った。

慣れた手つきと情熱的な舌がケリーの身を焦がし、いくら逃れようとしても、その甘い拷問から逃れることはできなかった。

火花が散るように全身に炎が広がり、やがて絶頂が訪れると、ケリーはアレコスの名を叫んで彼の肩に爪をくいこませた。アレコスもまた彼女とともに恍惚《こうこつ》のひとときを楽しんだ。

まだ余韻に震えているケリーの体をアレコスが貫いた。二人は完全に一つになり、ケリーの中を熱い稲妻が駆け抜けた。

アレコスが喉の奥でうめき、ケリーの唇を求めた。それからヒップをつかんで彼女の体を持ちあげ、ゆっくりと腰を動かす。

ケリーが首に腕をまわすと、アレコスが顔を上げ、彼女の瞳をのぞきこんだ。その瞬間、二人のつながりはさらに親密なものへと深まり、ケリーは自分の中のなにかがほどけていくのを感じた。

アレコスがケリーを促して自分の背中に脚を上げさせ、クライマックスへとさらに深く駆りたてていった。狂おしいほどの熱気が二人を包み、やがて大きな波となってのみこんだ。アレコスが最後にもう一度ケリーの体を貫くと、肌と肌が溶け合っていくようだった。

ケリーは放心状態のまま、ただじっとアレコスの荒い息遣いを聞いていた。

アレコスがケリーを抱き寄せた。「頼む。乱暴じゃなかったと言ってくれ」

ケリーには声を出す力さえ残されていなかった。小さく首を振ると、アレコスが顔をしかめ、ケリーの顔に張りついた髪をやさしく払った。

「乱暴だったかい？」

「ちっとも」ケリーはかすれ声でつぶやいた。

アレコスは満足げにほほえみ、ケリーを抱いたまま仰向けに横たわった。

「とびきりやさしくしたつもりなんだ」彼はケリーの頭のてっぺんにキスを落とした。「だが、君は僕よりずっと小さい」

たくましい肩にもたれかかり、ケリーもそのことを意識していた。「あなたって……なんていうか……」

「最高だ」アレコスの手に力がこもった。「最高だよ、君は。これだけ部屋が明るいと、それがよくわかる」

アレコスのなめるような視線を思い出し、ケリーは赤くなった。「相変わらず強引なんだから」

「バスルームであれだけのことをしておいて、今さら内気なバージンを演じてもむださ、アガペ・ムー」

アレコスが思わせぶりに舌なめずりをしてみせると、満たされたはずのケリーの体が再び彼を求めはじめた。

「やっぱりあなたにはもう少し鍛錬が必要かもしれない」アレコスの体に手をすべらせ、うっとりと見つめた。二人はこんなにも違う。胸毛の生えたブロンズ色の肌となめらかな白い肌。引き締まった筋肉と柔らかな曲線。男と女。

「ずっとそうしていてごらん。今日は一日じゅうベッドから出られない」アレコスはゆっくりとほほえみ、ケリーの腰をつかんで自分の上にまたがらせた。

ケリーはかすかな吐息をもらした。「なにをしているの？」

「僕はここからの眺めが好きなんだ」アレコスはかずれ声で言い、ケリーが腰を落とすと、歯をぐっとくいしばった。

アレコスの瞳が暗く陰るのを見て、ケリーはかつてない満足感を覚えた。ゆっくりと腰をまわし、彼をさらに奥へと導く。今度はケリーがアレコスの両手を頭の上に押さえつける番だった。

その気になればアレコスがいつでも主導権を取り戻せるのはわかっている。それでも彼を見おろしていると、まるで自分が特別な力を手にしているような気がした。

顔を寄せてアレコスの唇に舌を這《は》わせると、彼の指が腰にくいこんだ。

「最高だ、アガペ・ムー」アレコスはうめき声をあげ、ケリーの動きに合わせた。ケリーの髪が前に垂れ、重なり合う二人の唇をカーテンのようにそっと包んだ。体が熱をおび、すべての感覚がとぎすまされていく。

ケリーの下でアレコスの体がこわばり、手に力がこもった。そして、最後の動きがめくるめく官能の世界へ二人をほうりこむと、ケリーは崩れ落ち、彼の肩に唇を押し当てて、いつまでもむせび泣いた。

「どうして子供は四人がいいんだい？」アレコスが携帯電話を手にケリーの帽子の角度を調整した。灼熱《しゃくねつ》の太陽が容赦なく頭上に照りつけている。

「なんとなくいい数字だと思って。私は一人っ子だから、兄弟がいたらどんなに心強いだろうといつも思っていたの。ずっと妹が欲しかったわ。そうしたら、一緒に泣いたり笑ったり、ペディキュアを塗り合ったりできるもの。あなたは？」

「僕はとくにだれかとペディキュアを塗り合いたいと思ったことはないな」

ケリーは笑い、日焼け止めクリームを脚に塗った。

「それはよかったわ」

「塗ってあげようか？」

「いいの」ケリーは赤面した。「この前お願いしたらベッドへ逆戻りしちゃったから」

アレコスが口元をほころばせてケリーにもの憂げな目を向けた。「それが問題かい？」

「いいえ」それどころか、アレコスといると自分が美しくなったように感じる。「でも、今は会話を楽しんでいるの」

「なんなら僕は会話も両立できるが」

とたんに胸がどきんとして、ケリーはアレコスをにらんだ。

「もう、あと六秒はセックスのことを考えちゃだめよ」

「そんな大胆なビキニで目の前をうろつかれたんじゃ、無理難題もいいところさ」

「あなたが買ってくれたビキニでしょう」ケリーはアレコスの尽きない情熱がうれしかった。「どうせもうすぐ着られなくなっちゃうけど」帽子の下からそっと反応をうかがう。

アレコスが携帯端末の画面を見て顔をしかめた。

「すまない。ちょっと電話をしてくる」急に立ちあがったかと思うと、足早にテラスの端へ移動した。

ケリーはたちまち不安に駆られた。ひょっとして私が妊娠を口にしたから？　この十日間、絶え間なく愛を交わしているというのに、いまだに心の底から安心することはできなかった。情熱的なセックスも高価なプレゼントも、胸の奥に巣くう鈍い痛みをぬぐい去ってはくれない。根拠のない不安ならまだしも、子供が欲しくなかったことはアレコス自身、否定していないのだ。彼の心の傷を理解し、同情することはできても、この妊娠が彼の望んだことではないという絶対的な事実をくつがえすことはできなかった。

人は一夜で変わるものではない。

ケリーは母の姿を見て育った。自由を愛する父を家庭人に変えようとした母。その努力が報われることはなかった。

胸を締めつけられる思いでケリーはアレコスを見つめた。電話はただの口実？　子供の話をしたくないだけ？　やっぱり今も私の妊娠を受け入れられずにいるの？

アレコスは早くも冷徹なビジネスマンの顔に戻り、手ぶりを交えてなにか真剣に話をしている。ケリーは自分に言い聞かせた。

アレコスはどこにも行っていない。ちゃんとここにいる。そうよ、それだけで十分。いえ、それがなにより大切だわ。もちろん、一夜にして心の準備ができるはずはないけれど、間違いなくその努力をしてくれている。

幸せをおびやかす暗い影を振り払おうと、ケリーは浜辺へ続く美しい庭を眺めた。芳しい地中海の花々に誘われ、鳥や蜂《はち》が集まっている。耳に届くのは、にぎやかな蝉《せみ》の鳴き声と燕《つばめ》がプールの水をついばむように飲むかすかな水音だけ。

まさに楽園だ。

ただ、そのかなたの水平線に灰色の雲が見える。

アレコスが電話を終え、憤然とした足取りでケリーのもとへ戻ってきた。「もし君のクラスに仲が悪くてしょっちゅう喧嘩《けんか》ばかりしている子供がいたらどうする？」

「その二人を引き放すわ」ケリーは即答した。

「引き放す？」

「ええ。決して隣同士には座らせない。そうでないと、お互いが気になって勉強が手につかないし、私の話も耳に入らないもの」

「天才だな」アレコスがつぶやき、携帯電話の番号を押した。会話はギリシア語だったが、きびきびした口調でなにか指示を与えているようだった。

ケリーは電話が終わるのを待って尋ねた。「なにかあったの？」

「経営幹部のうち二人が犬猿の仲で、顔を合わせるたびに衝突を繰り返しているんだ」アレコスはケリーにレモネードをついだ。「どちらも失うには惜しい人材だし、どうにかうまく手を組ませられないか、ずっと頭を悩ませていた。引き放すなんて考えてもみなかったよ。まさに名案だ」

ケリーは頬を赤く染めた。アレコスにほめられたことが愚かしいほどうれしかったし、緊急の電話が嘘《うそ》でなかったとわかると、心が軽くなった。「じゃあ、二人を別の部署へ配置するの？」

「ああ」氷が涼しげな音をたてた。「二人を投資家《I》向け広報《R》活動部門へ移籍させることにした。これで万事解決だ。君が僕の会社に来てくれたらどんなに助かるか。人間関係のいざこざにこれ以上頭を悩ませずにすむ。君はとても頭がいい」アレコスはケリーにグラスを渡した。

「私は、ただの小学校教師よ。相手にしているのは八歳の子供たち」

「それこそ我が社にはもってこいさ」アレコスは腕時計を見た。「さあ、もう少しだけ露出を抑えた服に着替えておいで。出かけよう」

「出かける？」

「セックスより会話がしたいなら、人がおおぜいいる場所に行くべきだ」

アレコスはケリーを旧市街に案内した。二人は観光客に交じり、手をつないで城砦《じょうさい》を見て歩いた。

「君は昔から教師になりたかったのかい？」

「ええ」ケリーがバッグの中をかきまわしながら言った。「小さいころから、よく人形を並べて先生ごっこをしていたわ。ねえ、アレコス、私、サングラスと新しいｉＰｏｄをなくしちゃったみたい。たしか、ここに入れたはずなのに」

「サングラスは君の頭の上、ｉＰｏｄは僕が持っている」アレコスはいかにも愉快そうにポケットからｉＰｏｄを取り出した。「キッチンにあったそうだ。マリアが見つけてくれた」

「キッチン？」ケリーは受け取り、首をひねった。

「変ね」

「冷蔵庫の中に入っていたそうだよ」

「ますます不思議。きっと牛乳をつぐときに置いて、そのまま忘れちゃったのね」

「なるほど」アレコスはからかった。「僕もなにかなくしたときには、まず冷蔵庫の中をのぞいてみることにするよ」

「あなたはなにかをなくしたりしないくせに。なにもかも怖いくらいちゃんとしているもの。少しは肩の力を抜くべきよ。それに、人をからかうのはよくないわ。私はものすごく疲れているんだから」

ケリーが言うと、アレコスの顔から笑みが消えた。

「すぐに屋敷へ帰ろう。医者を呼ぶよ」

「まだ帰りたくないの。それにお医者様も必要ないわ」ケリーはｉＰｏｄをバッグの奥に押しこんだ。

「私は妊娠しているだけで、病気じゃないの」ちらりと目を上げると、アレコスの肩がこわばっているのが見て取れた。ケリーはため息をついた。まるでいつ爆発するとも知れない爆弾をかかえているようだ。「せめて夜くらいゆっくり眠れるといいんだけど」いつまた彼に背を向けられるかと思って悶々《もんもん》としているうちに、夜が明けてしまうのだ。「あなたが元気すぎるのも問題かもしれないわね」

「今朝、明け方の五時に僕を起こしたのはだれだっけ？」

通りがかりの女性に振り返って見られ、ケリーは顔を赤くした。「いやだ、声が大きいわ」

「向こうが悪いのさ。立ち聞きはマナー違反だ」

いいえ、あなたのせいよ。アレコスを振り向かない女性なんてどこにもいない。そのことを考えると不安になり、ケリーは話題を変えた。

「あなたはとびきりの優等生だったんでしょうね。頭がいいもの」

「授業には死ぬほど退屈したよ」

ケリーは笑った。「かわいそうな先生。あなたを教えなくちゃならないなんて、私なら逃げ出しちゃうわ」

アレコスが立ちどまり、ケリーを抱き寄せて顔にかかった髪をやさしく払った。「君は僕の先生だ。毎日たくさんのことを教えてくれる。人に寛容になること、暴力に訴えずに問題を解決すること、冷蔵庫でｉＰｏｄを見つけること」

「まあ、おもしろい」心臓の音が耳に響いた。アレコスはたまらなくハンサムで、そのアレコスが私だけを見つめている。「あなただって私の先生だわ」

アレコスがもの憂げにほほえんだ。「君になにを教えているかは口にしないほうがいい。そのために人のおおぜいいる場所へ来たのを忘れたのかい？」

「そんな意味で言ったんじゃないったら！」ケリーの体の奥に熱いものが芽生え、アレコスのキスがそれをさらにふくらませた。

アレコスは細い路地を抜け、小さなレストランのドアを開けた。店主はまるで英雄を迎えるかのようにアレコスを歓待した。

「昔、祖母に連れられてよく来たんだ。ケルキラ島の郷土料理が楽しめる」アレコスはケリーの椅子を引いた。「君もきっと気に入るよ」

「あなたはお祖母《ばあ》様っ子だったのね」ケリーはもじもじと指輪をいじった。「もう少しでこの指輪を売るところだったと思うと申しわけなくて。形見の品とは知らなかったの。それに、まさかあんな高価なものだなんて。落札価格を見たときは心臓がとまるかと思ったわ」

「だが、とどめは、校門の前に立つ僕を見て落札者の正体に気づいたときだった」

「ええ」〝マリアンナに贈るつもりで買い戻したの？〟喉まで出かかった質問をケリーはのみこんだ。「あのときは頭の中が真っ白になったわ」

「どうしてあの町で教師を？　都会の大きな学校だってあったはずだ」

ウェイターがいくつもの小皿に種々多様な料理を運んでくると、ケリーは目をまるくした。「いつの間に注文したの？　それとも、このお店の人はあなたの心が読めるの？」

「シェフがその日に用意したものをおまかせで出してくれるんだ。本物のギリシア料理を食べたければここがいちばんさ。ところで、君はまだ僕の質問に答えていない」

「私がリトル・モルティングを選んだ理由？　あそこなら、ひっそり暮らせると思ったから」

ドルマデスと呼ばれる葡萄《ぶどう》の葉で包んだライスを取り分けていたアレコスの手がとまった。「ひっそり？」

ケリーはフォークを手に、どこまで正直に話すべきか考えた。「結婚式が取りやめになったあと、マスコミが私のところへ押しかけたの。どこへ行ってもつきまとわれて。といっても、あの人たちが聞きたいのはあなたのことだったけど。私自身に魅力があるわけじゃないのはわかっていたし、それに、ああいうのは苦手だから。ゴシップ誌なんて私をどんなふうに書いたか知っている？　〝心やさしいケリーの招待を受けて撮影隊はついに彼女の美しい自宅へ。読者の皆様、ごらんください、これが彼女のキッチン……おやおや、どうやらごみ出しを忘れているようです〟」アレコスが黙りこんでいるのに気づいて口をつぐんだ。「どうしたの？　私、しゃべりすぎたかしら？」

「医者に聞いたよ。結婚式の日、記者連中が君をくいものにしていたって」

「ええ、まあ。あなたが姿を現さなかったってことが、あの人たちにはとってもおもしろかったみたい。世の中には人の不幸を糧に生きている人もいる。つらい経験に苦しむ人間なんて、さぞかし最高の見ものでしょうね。私にはさっぱり理解できないけど。私なら、苦しんでいる人がいたら、行って慰めるか、そっとしておいてあげたいと思うもの。でも、ほら、世の中はいい人ばかりじゃないでしょう」

「なんてことだ。君にそんな思いをさせてすまない」アレコスはテーブルごしに手を伸ばしてケリーの手を握った。「君が好奇の目にさらされるなんて思ってもいなかったんだ」

「それはあなたが高い壁の向こうで、超人ハルクも顔負けのボディガードに囲まれて暮らしているからよ」ケリーは重なった二つの手に視線を落とした。私がまだ右手に指輪をしていることにアレコスは気づいているかしら。もしかしたら、ただ忘れているだけかもしれない。男の人はそういうことには鈍感だもの。「あなたは右きき? それとも左きき?」

指先でこつこつとテーブルをたたいた。

アレコスがいぶかしげな顔をした。「右ききだが、どうして?」

「私も右ききよ」ダイヤモンドがきらめくように、ケリーはわざとひらひらと手を動かしてみせた。

「君も右きき……」アレコスが注意深くケリーの表情を見つめた。「なるほど、そういうことは覚えておいて損はないかもしれない。とにかく本当にすまなかった。君にいやな思いをさせて」

それより申しわけないことがここにあるのに。ケリーはがっかりして手を膝の上に下ろした。「大丈夫…… いえ、本当はぜんぜん大丈夫じゃなかったけど。ものすごくつらかったし、正直言って、とてもみじめだった。あなたに腹が立ったわ」

「腹が立った? はらわたが煮えくり返ったはずだ」

「ええ、そうね。煮えくり返ったわ。自分の愚かさがいやになったの。あなたのような男性が私みたいな女に興味を持つはずないのに」今も愚かなのかもしれない。うまくやっていけると思うほうがおかしいのかもしれない。「億万長者は貧しい学生とつき合ったりしないわ。少なくとも現実の世界ではね」

「だったら、つき合うべきだ」アレコスが言った。「そのほうが幸せになれるかもしれない」

ケリーはアレコスを見つめた。あなたは幸せ？　今はおなかの子をどう思っているの？　しかし、それを口に出すことはできなかった。高価な陶磁器に触れるのが怖いように、自分の手ですべてを粉々にしてしまうのが怖かった。

「なんならこの場で僕を殴ってくれ」なにか言いたげなケリーの表情に気づき、アレコスがその原因を勘違いして言った。「案外、胸がすっとするかもしれないよ」

「私は非暴力主義者よ。あなたの顔に痣《あざ》を作ったたからって、気が晴れるとは思えないわ」

「だが、僕の気は晴れる」

ケリーは少しだけほっとした。アレコスは心から反省してくれている。わざと私を傷つけたわけじゃない。

「今はもう納得しているから」ケリーはスパイスのきいたソーセージにフォークを突き刺した。「私たちの関係はあまりに情熱的すぎたのよ。話をする間もないくらいキスをして、目の前のことしか見えていなかった。私はすっかりあなたにのぼせて、なにも考えずにぺらぺらよけいなことをしゃべってしまった。ずっと考えていたの。あなたが結婚式の朝、記事を見て初めて私が子供を欲しがっているのを知ったってことを。逃げ出したくなるのも当然よね」

アレコスが深く息をついた。「僕のために君が言いわけをする必要はない」

「言いわけじゃないわ。ただ、今ならわかる気がして。あの記事がもしあと一日早く、いいえ、あと一日遅くてもいい、もっと違うタイミングで世に出ていたら、私たちはきっと話し合うことができた。だって、そうでしょう？　よりにもよって結婚式当日の朝だなんて、私たちには運がなかったのよ」

「僕が君にしたことは許されないことだ」

「そんなことないわ。確かに傷ついたし、恐ろしかったし……数えあげたら、きりがないけど、決して許されないことじゃないわ。まして、今は理由もちゃんとわかっているんですもの。大事なことを話し合わずにいっときの感情に身をまかせてしまったのは私も同じよ。私にだって責任はあるわ」

彼は長い間、言葉もなくじっとケリーを見つめていた。「君ほど寛大な女性は世の中にいないな」

ケリーの頬が赤く染まった。

「言いすぎよ。本当は私だってあなたの悪口を言ったの。ヴィヴィアンにきけばわかるわ」ケリーはどぎまぎしてテーブルの皿を見つめた。「指輪を売りに出したことを許してくれる？」

「もちろん」アレコスは即答した。「僕が君を追いつめたんだ」

「大事なお祖母様の指輪なのに、どうして私に持たせておいたの？」

「君に贈ったものだ」

「それこそ寛大な行為よ。だって……」ケリーは声をひそめた。「四百万ドルでしょう」

「実際は、それよりはるかに高価だ」アレコスは平然として言った。「このラム肉を食べてごらん。ハーブで煮込んであるんだ」

「はるかに高価？」

ケリーが喉をつまらせると、アレコスは笑った。

「父方の家系に代々伝わるものでね。父の祖父のそのまた祖父がインドのプリンセスを救った褒美として賜ったんだ。まあ、あくまで言い伝えだから、本当にそんなロマンチックなものかどうかはわからないが」

「実際の額なんて聞きたくもないわ」ケリーは弱々しく言い、ほかの客が聞き耳を立てていないかとそっとうしろをうかがった。「ここを出たら、すぐにあなたに返すわね。そんな高価なものを私に渡すなんてどうかしているわ。また冷蔵庫にでも置き忘れたらどうするの？　私がだらしないのはあなたもよく知っているでしょう」

「君の指にはまっていれば安全さ」アレコスが笑いながら言った。

ケリーは光り輝くダイヤモンドを見つめた。もう自分をごまかすことはできなかった。

アレコスは忘れてなんかいない。私が右手に指輪をはめていることをちゃんとわかっている。

それならどうして、左手にはめろと言ってくれないの？

うわべはうまくいっている。でも、アレコスは一度も将来の話をしない。結婚の二文字を口にしない。〝愛している〟のひと言も。

そして、それはケリーも同じだった。またあのときのように間違ったことを口にして、すべてをだいなしにするのが怖かった。ベッドで愛を交わすたびに、ぎゅっと唇を結んでいた。歓喜の瞬間に言葉がひとりでに飛び出してしまわないように……。

食欲が失《う》せ、ケリーはフォークを置いた。

まだ結論を出すには早い。壊れたものを築き直すには時間がかかるものだ。まして、私たちはもう一度、ゼロから新しいものを築きあげようとしているのだから。もっと深く、もっとすばらしい関係を。未来へ続く関係を。

そのためには焦ってはいけない。待つかいは十分ある。

しかし、いくら自分にそう言い聞かせても、心の重しを取り除くことはできなかった。

9

「これからイタリアへ行くの?」ケリーは驚いてきき返した。アレコスのようにこともなげに世界じゅうを飛びまわることはやはりできない。「イタリアのどこ?」

「ヴェネツィアだ。美術館のレセプションに出席する」アレコスはなぜか目を合わそうとしない。

ケリーは彼が隠し事をしているような気がしてならなかった。

「あなたがお金持ちで寄付を惜しまないから、ぜひ来てほしいってこと? ゴンドラに乗れる?」ケリーはアレコスの背中に向かって尋ねた。

彼はケリーを置いて、もう衣装部屋へ向かっている。「あれは観光客が乗るものだ」

「私は観光客よ」ベッドから飛びおり、彼のあとをついて歩く。「昔からずっと乗ってみたかったの」

アレコスがスーツと真新しい白のシャツを選び、ぎこちない笑みを見せた。「わかった。明日、こっちへ戻る前に乗ろう。今夜は正式な場だ。君もドレスアップしないと」

ケリーはおなかに手を当てた。「ゆったりしたドレスじゃないと。おなかがこんなに出ちゃって。きっとギリシア料理の食べすぎね」

「僕たちの赤ちゃんのせいさ」アレコスがやさしく言い、ケリーの手に自分の手を重ねた。そして、一瞬ケリーの視線をとらえると、そっとキスをした。

「ドレスを買っておいたよ」クローゼットから上品なロゴが印刷された大きな箱を取り出す。「気に入ってもらえるといいんだが」

「それを言うなら、〝出っぱったおなかを隠せるといいんだが〟でしょう？　でも、少なくとも私には言いわけがあるわ。予定日をきかれて妊娠もしていなかったら、それこそ最悪だけど」思ってもいなかったアレコスのやさしい言葉に、ケリーは有頂天でしゃべりつづけた。「いっそ、いつ服がきつくなってもいいように、このままずっと妊娠していたいくらい。まあ！」薄紙をはがし、目を輝かせる。「すてき。ゴールドだわ。それもロングドレス」

「着てもらえるかな？」

ケリーは首をかしげた。私に黙って買ってくるのはこれが初めてではないのに、このドレスに限ってどうして心配するの？　今夜はそんなに大切な夜ってこと？「ええ、もちろん」

「裾《すそ》を踏まないことを祈るよ」

「私も。階段がないといいけど」ケリーはなめらかな生地にそっと指をすべらせた。「どこで買ったの？」

アレコスが背中を向け、なにかを確かめるようにスーツのポケットに手を入れた。「アテネのデザイナーに作らせたんだ。君のスリーサイズを渡した」

さっきより表情がこわばって見えるのは気のせいかしら？　ケリーにはその理由がわからず、きっと自分の感激が足りなかったのだと反省した。

「本当にとってもすてき。夢みたい。ドレスを仕立ててもらうなんて生まれて初めてよ」箱の中をのぞき、ドレスと同じ生地で作られた靴を取り出す。ケリーはヒールの高さに思わず苦笑いした。「今夜ころんだら大変ね。壊しちゃいけない物がたくさん展示してあるんでしょう？」

「大丈夫、今夜はころばないよ、いとしい人《アガペ・ムー》」いつものリラックスした表情に戻り、アレコスはシャワーへ向かった。「三十分後に君のスタイリストが到着する。今のうちに少し休んでおくといい」

「私のスタイリスト」ケリーはうっとりした。「なんてすてきな響きかしら。自分の支度くらい自分でできなくちゃいけないのに、たとえみっともない結果に終わっても、別のだれかのせいにできるって最高。ねえ、今夜はここに戻ってくる?」

「いや、〈チプリアーニ〉のスイートルームを予約してある」

「〈チプリアーニ〉?」ケリーは声をあげた。「すごいわ。有名人がたくさん泊まるところでしょう? ジョージ・クルーニーにトム・クルーズ、アレコス・ザゴラキス……」

「それに、ケリー」アレコスが言った。

ケリーは弱々しくほほえんだ。「ええ、それに、ケリー。ジョージ・クルーニーが気を悪くしないといいけど。だって、かわいそうじゃない? 彼の名前がかすんじゃうわ」

長いレッドカーペットの前でリムジンがとまると、ケリーは縮みあがった。「こんなおおぜいの前でレッドカーペットの上を歩くなんて聞いていないわ。おまけにカメラが何台も。無理よ、アレコス。このハイヒールじゃ歩けない」

「言えば、君が心配するのはわかっていたからね」アレコスがケリーの手を握った。「今回は僕が隣にいる。君はただ堂々とほほえんでいればいい」

「地面に鼻を押しつけて、どうやって堂々としていられるの? こんな長い距離を人にじろじろ見られて歩いたら、ぜったいにころんじゃうわ!」

「僕が手を握っている」

「靴を脱いでもいい?」

「よけいに注目を集めるだけさ。ほら、笑って」外側からドアが開けられ、まばゆい光が車内を満たした。「あとは僕にまかせて」

おそるおそる足を踏み出すと、たちまちフラッシュの嵐《あらし》に包まれた。ケリーはわきたつ観衆をひと目見るなり笑顔を引きつらせ、車へ逃げ戻りたい衝動に駆られた。だが、アレコスが彼女の手首をしっかりとつかまえていた。

「歩こう。もう少し頭を上げて、顎を突き出して……そう、それでいい」アレコスはぎゅっとケリーの手を握り、絶えず指示と励ましの言葉をささやきながら、美術館の入口まで彼女をエスコートした。

「さあ、もう安心だ」

「冗談でしょう？」ケリーはおずおずと館内を見まわした。「なにも壊さずにこの場所を出られるまで、とても安心なんてできないわ」

「もし君が壊したとしても、だれもなにも言わないさ。僕は大口の支援者だからね。いや、きかれる前に言っておくと、とくに心がほんわかすることはないよ」

「絵画が相手じゃ、私もそんな気持ちにはならないかも」ケリーは首を伸ばして壁に並ぶ絵画を眺めた。

「どうしてヴェネツィアの美術館に寄付するの？　アテネの美術館じゃだめなの？」

「アテネの美術館にも寄付はしているさ。さあ、おいで、紹介したい人がいる」アレコスはケリーにオレンジジュースのグラスを渡すと、美しく着飾った人々の間をぬって一枚の絵画の前に立つ男性のもとへ向かった。「ペリアンドロス」

振り返ったその人物は老齢ながら顔立ちのいい紳士で、銀色の髪をすっきりとうしろに流していた。

「おお、アレコス」

しばしギリシア語の会話が交わされ、アレコスがケリーを紹介した。

「なるほど」ペリアンドロスがほほえんだ。「どんな貴重な芸術品よりもさらにまばゆい宝を携えてきたというわけか」そして、ケリーの手にキスをした。

「ルネサンスの黄金期も恋する女性の輝きにはかなわない。君もいよいよだな、アレコス」

アレコスが身をこわばらせるのを感じ、ケリーは老人の口を手でふさぎたい衝動に駆られた。この数週間、薄氷を踏む思いで慎重にふるまってきた。その上を鋲《びょう》打ちブーツでずかずかと踏むようなまねをされてはたまらない。

「まあ、すてきな絵」ケリーは唐突に声をあげた。「この色彩は……」頭の中が真っ白になった。焦れば焦るほどイタリア人画家の名前が一つも出てこない。「カナレットかしら……?」

ペリアンドロスが不思議そうにケリーを見つめ、〝ベリーニ作〟とはっきり書かれたタイトルプレートにちらりと目をやった。

ケリーはぎこちなく笑った。「ええ、もちろん、ベリーニですわ。ええと、ここには絵葉書は置いてないのかしら。せっかくだから、子供たちにお土産を……」あわてふためくあまり、自分の犯した致命的なミスにも気づかなかった。

「子供たち? もう父親なのか?」ペリアンドロスの視線が彫像のように体を硬くしているアレコスへ移った。「アレコス、おめでとうと言ってもいいのか?」

「いいえ」アレコスが短く答えた。「祝っていただくようなことはなにも」

「いやだ、教え子のことですわ。私、教師をしているものですから」ケリーはようやく言ったものの、脚が震えるあまり壁に手をついた。

ペリアンドロスがアレコスの肩をたたいた。「なんだ、父親になったわけじゃないのか」

「ええ」アレコスの声はかすれていた。「僕はまだ父親ではありません」

ケリーは殴られたような衝撃を覚えた。

嘘《うそ》よ、嘘だと言って。ひどい吐き気がこみあげた。アレコスはまだ私の妊娠を隠している。おなかの子の存在を認めていない。

口を開けば、なにを言ってしまうかわからなかった。いっそふるまわれているシャンパンをあおりたい気分だったが、それができるはずもなく、かといってオレンジジュースでは胸の痛みを忘れさせてはくれない。アレコスがうまく話題をそらしたあとも、彼の顔を見る気にはどうしてもなれなかった。怒りに手が震え、オレンジジュースが床にこぼれた。それさえも、今のケリーには気にならなかった。

〝僕はまだ父親ではありません〟アレコスははっきりとそう言った。

自分は父親ではないと。

こんなところで私はいったいなにをしているの？　二人の関係をどうにか正常な方向へ持っていこうとするなんて完全に頭がどうかしている。

ある日突然、アレコスが父性に目覚めるなんてあるはずもない。たとえその理由が同情に値するとしても、おなかの子に私と同じ不幸な父子関係を味わわせるわけにはいかない。来もしない父親を玄関の前で待ちつづけるようなことだけは、なにがあってもぜったいにさせてはいけない。

「アレコス！」驚くほどほっそりした女性が歩み寄ってきて、アレコスとペリアンドロスにキスをした。「ずいぶんな盛況ぶりじゃない？　それだけ多くの人が芸術に寄与していると思えば、すばらしいことだけど」女性の黒い瞳がケリーのドレスをとらえ、大きく見開かれた。「それは……」

「タチアナ、紹介するよ、ケリーだ」アレコスがすばやく割って入った。

ケリーはなぜドレス一つに大騒ぎするのかわからず、興ざめな思いでタチアナを見つめた。

みんなどうしてそんなに薄っぺらなの？　私だっておしゃれは好きだけれど、どんなにすばらしいドレスもこのむなしい関係を補ってはくれない。

「どうして私のドレスを見ているの？」

タチアナが笑った。まるでガラスが割れるような耳ざわりな笑い声だ。「マリアンナのデザインでしょう？　ラッキーね。彼女、自分の気に入る相手にしか作らないのよ。どれだけお金を積んでも決して手に入らないの」そして、意味ありげにアレコスにほほえみかけた。「もちろん、特別なコネがあれば話は別だけど」

マリアンナのデザイン？

マリアンナ……？

ケリーは呆然《ぼうぜん》とタチアナを見つめ、それから金色に輝くドレスに目を落とした。ドレスを取り出したときのアレコスのあのこわばった表情……。

どうりで態度がおかしかったはずだ。私が気づきはしないか、ひやひやしていたに違いない。

前の恋人が作ったドレスを今の恋人に着せるなんて、いったいどれだけ無神経なの。

この期に及んでおなかの子を否定するのも、右手にはめた指輪を左手に移せとも言わないのも、みんな彼の無神経さの証拠だわ。

涙がこみあげ、ケリーは壁にかかったベリーニの絵をじっと見つめた。この時代の男性は、もっとまともな神経を持っていたのだろうか？

ケリーはドレスの裾を持ちあげて全速力で出口へ走った。ルネサンス時代の彫像が肩をかすめるのさえかまわずに。

レッドカーペットを駆け戻る間も、涙で喉がつかえ、目がひりひりと痛んだ。

今夜はいやな予感がしていた。なにか壊してしまいそうで怖かった。まさかそれが自分の心だったなんて。

ホテルのスイートルームはまるで水上につるされたガラスのカプセルのようだった。だが、アレコスがいつものようにケリーの喜ぶ顔が見られると思っていたなら、その期待は見事に裏切られた。

アレコスはレッドカーペットの端でようやくケリーに追いつき、半ば強引にリムジンに押しこんだ。行く当てもない彼女をほうっておくわけにはいかなかったからだ。

ホテルに着いても、ケリーはアレコスと顔を合わせようともしなかった。一人さっさと先を歩き、部屋に入るなり靴を脱ぎ捨てた。そして今、無言のまま背中に手を伸ばし、見えないファスナーと格闘している。アレコスの手を借りまいとしているのは明らかだ。

全身から怒りが発散されている。

アレコスが近づいて手伝おうとすると、ケリーはその手を振り払った。

「触らないで」声が震えていた。「いえ、やっぱりファスナーだけ下ろしてちょうだい。一刻も早くこのばかげたドレスを脱ぎたいの。あなたの昔の恋人が作ったものなんて着ていたくないわ」

アレコスがため息をついた。「だから、言わなかったんだ。マリアンナのドレスだと言ったら、君が気を悪くすると思って」

「だったら、初めから用意しなければよかったのに！」

「レッドカーペットを前にして君が緊張するのはわかっていた」ファスナーを下ろすと、なめらかな背中が目に飛びこみ、アレコスの体に力がこもった。「だから、少しでも心を軽くしてあげたかった。マリアンナのドレスは女性たちの憧《あこが》れだ。彼女のオートクチュールを身にまとえば君も自信が持てると思った」

「自信が持てるですって？」ケリーが振り返ると同時に、優雅にまとめた髪がはらりとほどけた。「あなたの昔の恋人が作ったドレスだなんて人前で聞かされて、自信が持てると思う？」

「タチアナがあんな連想を働かせるとは思わなかったんだ」

「ええ、そうでしょうね！」涙で声がくぐもった。ケリーは汚らわしいものでも振り払うように袖《そで》を引き抜いた。「こんなところに……」ばさりとドレスを脱ぎ捨てると、ラベルに刺繍《ししゅう》された〝マリアンナ〟の文字が目に入った。「私はとんだ間抜けね」

豊かな胸のふくらみにいやおうなく視線を吸い寄せられ、アレコスは必死に会話に集中しようとした。

「君は決して間抜けなんかじゃない」

ケリーは自分を抑えきれず、両頬に拳《こぶし》を押し当てて顔をくしゃくしゃにしている。

「いいから向こうへ行って。あなたといると、世界一ロマンチックな町が地獄に見えるわ」下着姿の彼女は窓辺へ行き、震える体を抱き締めて眼下に広がる大運河を見つめた。「きっとあそこには、あなたみたいな男性と一夜を過ごして、絶望のあまり身を投げた女性たちの死体がたくさん沈んでいるのね」

アレコスは天井を見あげ、ケリーに近づいた。

「マリアンナは、ほかのだれにも作れないすばらしいイブニングドレスを作る。注文は四年先までいっぱいだ。だれもが彼女がいちばんだと認めているからね。そのいちばんのものを僕は君にプレゼントしたかった」

ケリーはますます肩をこわばらせ、窓を見つめたまま言った。「無神経にもほどがあるわ」

「僕が一緒にいるのは君だ。彼女じゃない」

「いいえ……違うわ、アレコス。あなたは私と一緒になんかいない。ただそういうふりをしているだけよ。そうでしょう？」振り返ったケリーの顔は涙で濡《ぬ》れ、マスカラが目の下ににじんでいた。

ここまで本気で泣きじゃくる女性を、アレコスは見たことがなかった。ほかの女性がするようにそっと洟《はな》をすするのではない。顔がだいなしになるのもかまわず、乱暴に頬をぬぐっている。女性の涙にこれほど心を動かされたのも、こんなにいたたまれない気持ちになったのも生まれて初めてだ。

「違う。ふりなんかじゃない」

「じゃあ、私に愛しているって言ったことがある? ないわよね。あるはずがないわ。だって、あなたは私を愛していないんだから! 単なるセックスの相手だったはずが、あなたの子を身ごもってしまった……」ケリーはしゃくりあげた。「とんだ大失敗ね。面倒なことに巻きこまれたと思っているんでしょう? こんなはずじゃなかったのよ。こんなこと、あなたは望んでいなかった!」アレコスがむせび泣く肩を抱こうとすると、彼女ははねのけた。「あなたはまた同じことをしたわ。ペリアンドロスに父親なのかってきかれたとき、はっきり違うと答えた!」ケリーの目は真っ赤になっていたが、それでもアレコスはじっと動かなかった。手を伸ばせば、彼女の怒りが爆発するのはわかっている。

「ケリー……」

「やめて」長い髪を揺らしてケリーが首を振った。「言いわけなんて聞きたくない。もう限界よ、アレコス。毎日、あなたがいつ別れを切り出すか、びくびくして暮らすのはもういや。子供につらい思いをさせたくないの。自分が悪い子だから、パパが帰ってこないなんて思わせたくない。気が向いたときにだけそばにいる父親じゃやだめなの。来もしない父親を玄関の前でじっと待つ子供の気持ちは、だれよりもよく知っているから!」

わけありげなその言葉に、アレコスははっとしてケリーを見つめた。いつものように彼女が胸の内をさらけ出し、不器用な自分の行動になぜそうまで激高するのか、その本当の理由を話してくれると信じて。

しかし、ケリーはただ背中を向けただけだった。

彼女はすすり泣いた。「リトル・モルティングの家に帰りたいの。細かいことはあとで決めればいいわ」

「家の前で待っていたのかい？　君が？　お父さんを？」アレコスは静かにきいた。

それでも、ケリーは振り向かなかった。「話したくないわ」

アレコスはどなりだしそうな自分を必死に抑えた。「どうして？　ほかのことはなんでも話してくれるじゃないか！　君の頭の中にあって口から出てこないことは一つもない。なのに、どうして……こんな肝心なことを話そうとしないんだ？」

一瞬、間があった。「話してもしかたないもの」ケリーはぼそりと言った。「楽しい話じゃないわ」

「ケリー、どのみち僕は今、ちっとも楽しい気分じゃないし、君だってそうだろう。こんなときに口をつぐむのはなしだ。頼む、聞かせてくれ、お父さんの話を。とても大切なことなんだ」

ケリーは洟をすすった。「母はずっと父に変わってほしかったの。そのために一生の半分を費やしたわ」

「変わるって、どう変わってほしかったんだい？」

「夫に……父親になってほしかったの」ぬぐってもぬぐっても、涙があふれてきた。「でも、父は子供を望まなかった。母はいずれ父も家庭に落ち着くと信じていたけど、実際は違った。ただ、ときどき良心の呵責《かしゃく》を覚えて私に会いに来るって電話をするだけ」ケリーの声がかすれた。「私はそのたびにパパが迎えに来るってみんなに自慢したわ。鞄《かばん》に荷物をつめて玄関の前でずっと待っていた。でも、父は現れなかった。みじめな気分だったわ。そのうちに、これはおとぎ話じゃないって気づいたけど」

だからこそ、おとぎ話にずっと憧《あこが》れていたのだ。

アレコスは眉間《みけん》に手を当てて必死に考えをめぐら

せた。なんてことをしたんだ。僕までケリーの夢を打ち壊してしまったというわけか。「どうして今まで話してくれなかったんだ？」

「私たちには関係ないことだもの」

「あるさ。大ありだ」アレコスはうなった。「これでようやくわかったよ。どうして君が僕を信じられないか、どうしていつまでも不安な目で僕を見るのか、どうして僕が失敗するのを待っているのか」

「あなたを不安な目で見るのは、これがあなたの望んだことじゃないってわかっているからよ。私たちにハッピーエンドが待っていないこともわかっている。続けようと思えば続けられるかもしれない。別れたりよりを戻したりしながら、ごまかしていくことだってできる。でも、私が望んでいるのはそんなことじゃないの、アレコス。私はもうおとぎ話は信じない」ケリーの声が震えた。「ただ、これだけは信じているわ。私にはもっといい未来を歩む権利がある。私にも、私の赤ちゃんにも」彼女はアレコスの顔を見ようともせずに寝室に入り、ばたんとドアを閉めた。

アレコスは呆然とそのドアを見つめた。

ケリーは今、心のドアを閉めたのだ。

ケリーはヴィヴィアンに十四度目の電話をかけ、十四度目のメッセージを残した。

だれかに話を聞いてほしいのに、肝心の親友はちっとも電話に出てくれない。

ティッシュをつかみ、思いきり洟をかんだ。いいかげんに泣くのはやめにしなければ。二十四時間でこれだけの水分を失ったら、そろそろ命の危険につながりかねない。

とても一人で飛行機に乗れる状態ではなく、いったんケルキラ島に戻ってからロンドンへ発《た》つことを承諾した。そして、飛行機に乗っている間もずっと泣きつづけた。もしアレコスがまだ私と私の子供から逃げ出すことをためらっていたとしても、あの涙が決定打になったに違いない。無言のままティッシュを渡すアレコスの険しい顔が頭に浮かんだ。

私の涙をぬぐっては仕事をし、仕事をしてはちらちらと私のようすをうかがっていた。私が発狂していないか確かめていたのだ。それが証拠に、昨夜の会話の続きをしようともしなかった。話してもむだだと思われたに決まっている。

いちばん早い飛行機でロンドンへ帰りたいと念を押したときには、手配を約束してくれたはずなのに、別荘に着くなり姿が見えなくなった。今ごろ、書斎にこもって仕事に没頭しているのだろう。

一方のケリーは主寝室に戻り、部屋の大部分を占める大きなベッドから必死に目をそらしていた。

頭を切り替えようとシャワーを浴び、髪を乾かして衣装部屋に入った。シンプルなTシャツとショートパンツに着替えてから、スーツケースを取り出す。

しばらくの間、ただそこに並ぶ豪華な服を見つめていた。こんなものを持って帰って、リトル・モルティングでいったいなんの役に立つだろう？　淡いブルーの麻のワンピースを着て子供たちを教えられるわけがない。ましてや、どんなにすてきなハイヒールも、アレコスが隣にいて手を取ってくれなければ、はいて歩くことさえできない。

逃げるように寝室に戻ると、ベッドの上にある一枚の紙片が目に入った。きっとフライトスケジュールだろう。ケリーはメモを取りあげた。〈十分後に浜辺に来てほしい。指輪を持ってきてくれ〉

指輪——もちろん、指輪の話に決まっている。

メモを握りつぶしてごみ箱に投げ捨てた。せっかく買い戻した高価な指輪をまたしても持ち逃げされてはたまらないというわけだ。

ケリーは視線を落とし、指輪を見つめた。楽しいときもつらいときも、アレコスとの日々をずっととともにしてきた。いよいよお別れかと思うと、たまらなく寂しかった。

てのひらにのせ、その重みを噛《か》み締めた。

どうして浜辺なのかはわからないけれど、アレコスが来いと言うならそれに従うまでだ。

これが最後。今度こそこの指輪を彼に届けよう。

そして、私は元の暮らしに戻る。アレコスのいない暮らしに。

ケリーはゆっくりと浜辺へ続く小道を下った。このオリーブ畑と風に揺れるブーゲンビリアに囲まれて子供を育てることができたら、どんなにいいだろう。でも、それは考えてもしかたがない。

心にぽっかりと穴があいたような、取り返しのつかないものをなくしてしまったような気がした。

しばし足をとめ、目を閉じた。あと五分……。五分だけ辛抱すればすべては終わる。もう二度とアレコスの顔を見ないですむ。

せめて最後くらいは堂々と向き合おう。ケリーはそう心に決めて浜辺に足を踏み出し、はたと立ちどまった。

目の前に椅子が半円形に並べられている。その向こうには色鮮やかな美しい花のアーチと海に向けて開かれたドア……。

まるでロマンチックな映画に出てくる結婚式のセットのようだ。

でも、どうしてそれがここに?

「ケリー?」砂浜の向こうから声が聞こえ、ヴィヴィアンがロングドレスの裾を足にからませながら駆け寄ってきた。

ケリーは泣きながら友人を抱き締めた。「ずっと電話していたのよ……どうしたの、その格好?」一歩うしろに下がって、まじまじと友人を見つめた。

「すてきじゃない。とっても似合っている。でも……」

「私があなたの花嫁付添人ってわけ」ヴィヴィアンが興奮して言った。「彼が当日まで秘密にしたいって言うから、携帯電話の電源を切っていたの。電話なんかしたら、ぜったいしゃべっちゃうと思って。どう、喜んでくれた？」

ケリーは混乱した。「ええ、まあ……そのドレスはすてきよ。でも、私、花嫁付添人は必要ないの。結婚なんてしないもの」

「結婚しない？　するに決まってるじゃない！　そのためにアレコスはわざわざ私をここへ連れてきたんだから。おかげで私もついに自家用機に乗っちゃった」ヴィヴィアンがにんまりした。「モヒートを何杯飲んだかは内緒だけど、正直、頭ががんがんするの。だから、とっとと始めましょう」

「君は本当におしゃべりだな」アレコスがうしろから来て言った。「僕から話すつもりだったのに。このことは彼女はまだなにも知らないんだ」

「え？」ヴィヴィアンがぽかんと口を開けた。「私、てっきり私が花嫁付添人を務めることがサプライズなんだと……。まさか結婚式自体、なにも知らないなんて」

「世の中、そうなんでも計画どおりに進むわけじゃない。僕とケリーの関係はそのいい例でね」アレコスがいつになくためらいがちにケリーの手を取った。「昨日の晩、君に結婚を申しこむつもりだった。それで、ヴェネツィアへ連れていったんだ」

ヴィヴィアンが胸に手を当て、鼻を鳴らした。

「まあ……」

「ヴィヴィアン」アレコスがケリーを見つめたまま言った。「僕がいいって言うまで黙っていないと、もう二度と自家用機には乗せないよ」

ヴィヴィアンがあわてて口を閉じた。それでも、ケリーはアレコスだけを見つめていた。

「私に結婚を申しこむ……？」ケリーは首を振った。「嘘よ！　あなたは例のドレスのことでずっとそわそわしていたし、ペリアンドロスに父親になったのかってきかれたときも、はっきり違うと答えた。言い逃れはできないわ、アレコス」

「僕がそわそわしていたのは、プロポーズしようと思っていたからだ。君に断られるのが怖かった」アレコスがかすれ声で言った。「前回のことがあるんだ。どうして君に信頼してもらえる？　だから何日も前から準備して、世界でいちばんロマンチックだと思う場所へ君を連れていった」

「でも……」

「どこで、どんなふうに君に伝えたらいいか、一日じゅう考えていた」

「じゃあ、ペリアンドロスのことは？」

「ペリアンドロスは僕に父親なのかときいた。僕は違うと答えた。子供をもうければ、それで父親になれるとは思わないからだ。君のお父さんだってそうだ。子供はもうけたが、父親ではなかった。違うかい？」アレコスはケリーの頬を両手で包んだ。「父親になるとは、自分を愛する以上に子供を愛し、自分の幸せを願う以上に子供の幸せを願うことだ。世間の冷たい風から子供を守り、なにがあってもそばにいると安心させてやることだ。もちろん僕はそのすべてを実行する。だが、それを言葉で伝えるより、身をもって示すことのほうがずっと意義深いと思うんだ。そして、それには時間がかかる」

「時間……？」ケリーの呼吸がとまった。

「まずは五十年、僕につき合ってくれないか」アレコスはケリーの瞳をのぞきこんだ。「たくさん子供を作って経験を積みたい。少なくとも四人だ。君には僕の隣にいて僕の父親ぶりをチェックしてほしい。五十年後、四人の子供を育てあげたとき、もしまただれかに父親なのかときかれたら、僕はきっと自信を持ってイエスと答えられる」

ケリーは息をのんだ。「私、てっきりあなたは父親になるのが怖いんだと……」

「怖くないとは言わないよ。今だって怖い。だけど、こうしてここにいる。君の手を握っている。そうだ、手といえば……」アレコスがケリーの右手から指輪をはずし、もう一方の手に移した。

ケリーの目が涙にかすんだ。「アレコス……」

「愛している、アガペ・ムー。君は僕が知るだれよりも寛大で、やさしくて、楽しくて、そしてセクシーな女性だ。僕が手を取ってあげないとハイヒールをはいて歩けないところも、レモネードのつぶつぶが苦手なところも、そこらじゅうに物を落としてまわるところだって、全部好きだ」アレコスはケリーの顔にかかった髪をやさしく払った。「それに、僕たちの子供を守るためなら、僕たちの関係を清算しようとするところも。だが、そんな必要はないんだ、ケリー。子供は僕も一緒に守る。君と二人で」

ケリーは信じるのが怖くて、指輪をじっと見つめた。「私を愛しているの？」

「もちろん」アレコスが震える声で言った。「問題は、君が僕を信じられるかどうかだ。この先も疑いを持ちつづけるなら、この関係は決してうまくいかない。もう二度と間違ったことは口にしないと言いたいが、僕も一人の人間だ。またいつ間違ったことをしでかしてしまうかわからない。ゆうべのヴェネツィアでのようにね」あやまる代わりに、彼は両手を広げてみせた。「確かに君が誤解するのも無理はないと思う。ただ――」

「あなたが愛しているって言ってくれないから」ケリーはつぶやいた。「あなたは一度だって愛しているって言ってくれなかった。私はずっと指輪を左手に移せって言ってほしくてたまらなかったのに、あなたはひと言も言わなかった」

アレコスの顎に力がこもった。「ケリー、四年前、僕は結婚式のその日に君のもとを去った。そう簡単に許されることじゃない。僕たちには時間が必要だった。すぐに結婚を申しこめば、きっと君に拒絶されると思った。怖かった。君を失うのが恐ろしかった。それで時がくるのを待っていたんだ」

ケリーはこの数カ月で二人の関係が徐々に深まっていたことを思った。「ずっとあなたのプロポーズを待っていたのよ。それなのに、なにも言ってくれないから、きっと私を愛していないんだと思ったの」

「君が僕の愛を確信できる日を待っていたんだ」

「アレコス……」

「たとえこの口から間違った言葉が飛び出したとしても、心に正しい思いがないわけじゃない。それだけは忘れないでくれ」彼はケリーに顔を寄せてキスをした。長い間、だれもなにもしゃべらなかった。

ヴィヴィアンが咳払《せきばら》いをした。「はい、そこまで。ケル、私が見る限り、彼は本気であなたを愛しているわ。考えてもみなさいよ。あなたには財産もなければ、整理整頓《せいとん》能力もない。ちゃんとすればそこそこの美人だけど、金にものを言わせて若い女を妻にしたって自慢するには高飛車な印象に欠けるし、ハイヒールだってまともにはいて歩けないのよ。正直言って、なんのメリットもないじゃないの」

「ありがとう」

「つまり、これは愛情以外の何物でもないってことよ。ねえ、だから、もう始めない？　花嫁付添人が日焼けしちゃうわ」

ケリーは泣き笑いしながらアレコスを見つめた。

「本当に今ここで結婚するの？　浜辺にこんなお花や椅子を用意しちゃうなんて信じられない」

「君におとぎ話をプレゼントしたかったんだ」アレコスがささやいた。「たった今、この場で結婚しよう。この気持ちは決して変わらない。僕は自分がなにを求めているか知っているし、君が求めているものも知っているつもりだ。君も僕も大人数は必要ない。君さえイエスと言ってくれればいい。屋敷に二人の人間を待たせてある。一人は僕の顧問弁護士で親友でもあるドミトリ、もう一人は僕たちの結婚を宣言する者だ」

ケリーはためらいがちにほほえんだ。「ショートパンツをはいたままで結婚できないわ」

「ほら、言ったでしょ！」ヴィヴィアンが勝ち誇ったように言い、椅子の上に積みあげられた箱を指さした。「大丈夫、彼がちゃんとドレスを買ってくれているわ」

またマリアンナのドレスではないかとケリーが身をこわばらせると、アレコスがすぐに察して苦々しく笑った。

「違うよ。安心していい。実は注文していたんだが、それは君が怒ると知る前だ。今朝、別のものを十着、屋敷に取り寄せた」

「十着？」ケリーは衣装箱の山を呆然と見つめた。

「十着……」

「君に選択肢をあげたかった。それに、本来ウエディングドレスは新郎へのサプライズだろう？」

アレコスの思いやりに打たれ、ケリーは彼の頬に手を伸ばした。「ありがとう、愛しているわ」

ケリーの目に涙があふれ出すと、ヴィヴィアンがぎょっとして叫んだ。

「だめ！　あなたは泣くと不細工になるんだから。メイクするのは私なのよ。真っ赤になった目じゃ、手のほどこしようがないわ。アレコス、ケリーを着替えさせるから、三十分くらい散歩でもしてきて。式の前に花嫁を見たら幸せになれないって言うでしょう」

「私が屋敷へ戻るわよ」

ケリーが反論すると、アレコスは首を振った。

「もう君をどこへも行かせたくない」彼はもう一度ケリーにキスをした。「愛している。今、この場で結婚したい。ショートパンツ姿だってかまわない」

「アレコス・ザゴラキス！　ケリーにはちゃんとドレスを着せます！　これから一生、結婚式の写真を眺めて暮らすっていうのに、ショートパンツ姿じゃ感動もなにもないじゃないの」ヴィヴィアンがあきれ顔で言い、アレコスの背中を押した。「いいわ、妥協案よ。その花婿付添人だかだれだかを連れて十分後に戻っていらっしゃい」

十分後、芳しい花のアーチの下で、ケリーは見たこともない美しいドレスを身にまとい、生涯でたった一人、心から愛する男性を見あげていた。

ヴィヴィアンはしきりにドミトリに色目を遣っている。

「まったく、どっちの付添人も主役をほったらかしだな」アレコスは、神父が顔をしかめるのもかまわずにケリーを抱き寄せた。「なにもかも自分たちでするよりほかなさそうだ」

ケリーはヴィヴィアンが手に押しこんだブーケを握り、にっこりした。「なんだか嘘みたい。こんな結末が待っているなんて思いもしなかった」

「ちゃんとおとぎ話になったかな？　どうせなら白馬と馬車を用意するんだった」

ケリーは笑った。「浜辺に馬車は無理だわ」背伸びをしてアレコスにキスする。「いいの、肝心なところは全部ちゃんと押さえてくれたもの」

「僕たちは二人で一つだ」アレコスがささやいた。

「永遠に」

ケリーはほほえんだ。「それだけで私には十分すてきなおとぎ話よ」

ハーレクイン®

ハーレクイン・ロマンス　2011 年 8 月刊（R-2642）

置き去りにされた花嫁
2024 年 6 月 20 日発行

著　　者　サラ・モーガン
訳　　者　朝戸まり（あさと　まり）

発 行 人　鈴木幸辰
発 行 所　株式会社ハーパーコリンズ・ジャパン
東京都千代田区大手町 1-5-1
電話 04-2951-2000（注文）
0570-008091（読者サービス係）

印刷・製本　大日本印刷株式会社
東京都新宿区市谷加賀町 1-1-1

ISBN978-4-596-63506-8 C0297

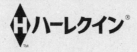

6月28日発売

ハーレクイン・シリーズ 7月5日刊

ハーレクイン・ロマンス

愛の激しさを知る

秘書は秘密の代理母	ダニー・コリンズ／岬　一花 訳	R-3885
無垢な義妹の花婿探し《純潔のシンデレラ》	ロレイン・ホール／悠木美桜 訳	R-3886
あなたの記憶《伝説の名作選》	リアン・バンクス／寺尾なつ子 訳	R-3887
愛は喧嘩の後で《伝説の名作選》	ヘレン・ビアンチン／平江まゆみ 訳	R-3888

ハーレクイン・イマージュ

ピュアな思いに満たされる

捨てられた聖母と秘密の子	トレイシー・ダグラス／仁嶋いずる 訳	I-2809
言葉はいらない《至福の名作選》	エマ・ゴールドリック／橘高弓枝 訳	I-2810

ハーレクイン・マスターピース

世界に愛された作家たち
～永久不滅の銘作コレクション～

あなただけを愛してた《特選ペニー・ジョーダン》	ペニー・ジョーダン／高木晶子 訳	MP-97

ハーレクイン・ヒストリカル・スペシャル

華やかなりし時代へ誘う

男爵と売れ残りの花嫁	ジュリア・ジャスティス／高山　恵 訳	PHS-330
マリアの決断	マーゴ・マグワイア／すなみ　翔 訳	PHS-331

ハーレクイン・プレゼンツ作家シリーズ別冊

魅惑のテーマが光る
極上セレクション

蔑まれた純情	ダイアナ・パーマー／柳　まゆこ 訳	PB-388

※予告なく発売日・刊行タイトルが変更になる場合がございます。ご了承ください。